銀座・歌謡曲BARマスターの一人語り

# BARカウンターから見える風景

盛本昭夫
AKIO MORIMOTO

# はじめに

私は銀座でバーを営んでいる者です。客席数は十席ちょっとの小さな店です。そして店内はいつも昭和のヒット曲を流しています。だからでしょうか、それとも最近の若者がお酒を飲まなくなったからなのでしょうか、当店は昭和を生きてこられたお客さまが圧倒的多数を占めています。年齢的には四十代から六十代のお客さまが中心層で、二十代、三十代の若者は（渋々）先輩や上司に連れられて、また七十代以上の先輩方はまだまだ（頑張って）元気にご来店頂いている、というのが実のところです。

そんな皆さまから日常的に聞こえてくるのは「昭和は良かった」とか「あの頃に戻りたい」といった、昔を仰ぎつつ懐かしむ言葉の数々です。昭和時代が終わりを告げて三十年近くの歳月が経つというのに、現代と比べて昔の何がそんなに良かったのでしょうか。携帯電話を一人一台持つというのが当たり前になり、テレビは薄型軽量化し、インターネットの発明により世界の情報を瞬時に得られるという便利な世の中になった今、なぜそれらが全くなかった「不便な時代」が良く思えるのでしょうか。
「今の音楽にはついていけない」と「昭和の音楽は素晴らしい」。この二つもまた周囲から毎日のように聞こえてくるフレーズです。楽器の性能やレコーディング技術は年々進化し、レコードからＣＤへの移行によって音質も明らかに向上しているはずなのに、なぜ昭和を生きてきた人たちは昔の音楽に魅力を感じているのでしょうか。

このたび、五つの章を支柱として、全五十話のショートストーリーを書いてみました。【古き良き昭和の時代】の章では昭和時代を回想し、【仕事論】の章では仕事の上で諸先輩から学んだことをまとめ、【男と女】の章では昭和の男女の生き様にちょっぴり触れさせて頂き、【酒場で盛り上がる話題】の章では私の店での和やかな雰囲気をご紹介し、【お酒の正しい飲み方】の章では現代の若者へ「お酒とはこう飲むものぞ」とばかりに昭和人を代表して僭越ながら私からメッセージを送らせて頂きました。

日頃のお忙しい時間から少し離れて、好きな音楽を聴きながら、好きなお酒の入ったグラスを傾けながら、この本を可愛がって頂けましたら大変嬉しい限りです。

CONTENTS

# 目次

CHAPTER02

## 仕事論



CHAPTER03

## 男と女

CHAPTER04

## 酒場で盛り上がる話題



COLUMN



CHAPTER05

## お酒の正しい飲み方

CHAPTER01

# 古き良き昭和の時代

# 貧乏自慢

私は昭和四十年生まれですが、我々世代の多くは子供の頃、親から、学校から、事あるごとに戦争の実体験を聞かされています。まさに食べる物もままならず、生きることそのものが必死だった時代の話です。

そんな我々世代がいざ成人になり、時にお互い若い頃に体験した貧乏の話をし合うのですが、どうも親世代のそれとは意味合いが異なります。すなわち、親世代が「戦前戦後の貧しさを国民が一丸となって乗り越え、生き延び、無我夢中で頑張ってきたからこそ今の平和があるのだ」と説くのに対し、我々世代は「若い頃お金に困ったあの体験があるから、今の忍耐強い自分がある」的な自慢へと変遷しているのです。

次に示すのは当店のお客さまが語ってくれた貧乏生活の体験談、及び自慢話です。どうやら独り暮らしを始めてから遭遇した、稀有な貧乏生活が主なようです。

☆手元にある千円で二十日間食い繋げなければならず、五十円のインスタントラーメンを二十袋買って来て、朝起きてラーメンを作って麺だけ食べ、夜寝る前に冷たくなった残りのスープを飲み干す。当然具などある訳ない。これを見事に二十日間実行した。
☆実家が農家のため、お米にだけは不自由しない。しかし本当にお米しかなかったようで、炊き立てのご飯のおかずが『3分クッキング』という料理番組だった。テレビ画面のおいしそうなおかずの映像を見ながら三分間でから飯をかき込む日々を送った。毎日同じ時刻に同じ時間（三分間）で食べなければならず、規則正しい生活がそこで身についた。
☆「これからは自炊をするから」という理由で、実家から母親が愛読していた料理本を多数送ってもらい、本に掲載されている料理の写真をおかずに白飯を食べた。時間制限なくゆっくり食べることが出来た。ついでに母親にも褒められた。
☆一階が焼肉屋のアパートの二階の部屋に引っ越した。おかずはもちろん焼肉屋の煙。ご飯がリアルに美味しかった。時々友人を自室に招待して全員で焼き肉風ご飯を楽しく食べた、と自慢げに話していたが、本当に楽しかったのかは定かではない。
☆小学校一年生の頃、公園で五円玉を拾ったので近くの交番に届けた。お巡りさんは「ボクえらいね」と言って、両手いっぱいにビスケットをくれた。翌日、味を占めた彼は自分の五円玉を持って交番に行った。今度はお巡りさんから飴玉を一個だけもらい、そのあと名前と住所を聞かれた。彼は「これが人生初の職務質問だった」と豪語している。

☆持ち金が三十円のみになった。まさに崖っぷちに立たされた彼は（恥を忍んで）実家の親にいくらかの生活費を借りることを企てた。独り暮らしの彼は自室に専用電話などあるはずもなく、十円玉を三枚握りしめて公衆電話へ。いざ実家へ電話が繋がって「もしもしお母さん？　あのね」「あら珍しいわねえ、あなたから電話くれるなんて。元気なの……？」そこで電話は切れた。用件は何も伝えられなかった。仕方なくその日は水道水を腹いっぱい飲んでしのいだ。ちなみに彼の実家は沖縄県。当時東京沖縄間を通話出来る時間は、十円で一秒間くらいだったのではないだろうか。

昭和を生きた人間から発せられる貧乏話は枚挙にいとまがありません。特に大学生の独り暮らしなどは貧乏体験の宝庫でした。そこでついつい口ずさんでしまうのが、『神田川』（かぐや姫・昭和四八年）という歌。

この歌のキーワードは「二人で行った横丁の風呂屋」と「三畳一間の小さな下宿」です。私の店のお客さまの中にも、この曲を聴くとしみじみと昔を思い出される方が数多くいらっしゃいます。そんな彼らを見ていると、青春とは本当にエネルギッシュで素晴らしいと純粋に思えますすし、きっと皆さまがそれぞれの世界でご活躍されているからこそ、この当時を懐かしむことが出来、また時には笑って話せるのでしょう。

おそらく現代の大学生の独り暮らしは大方が優雅な生活なのでしょうが、彼らもまた自分の子供たちの世代に伝えるべく、現代ならではの苦労と格闘しているに違いないと思います。苦労は、しないで済むのなら最高の人生なのですが、どうせするなら若いうちに買ってでもしておけ、という先人の格言はまさに金言と言えるのかもしれません。

最後に『神田川』を超える究極の貧乏話をご紹介します。

「三畳一間住まいという点は『神田川』と一緒だけど、銭湯に行くお金がない時なんて、裸になって流し台の上で身体を濡れタオルで拭いていましたよ。もちろん湯沸かし器なんかある訳ないから冬でも水道の水です。特に京都の冬は全国でも屈指の極寒です。もちろんそんな生活をしていて彼女なんて出来る訳ないから、僕に言わせたら神田川なんて贅沢な世界ですわ」

上には上がいるものです。

# 煙草

いつの日からでしょうか、煙草に関しては禁煙派が主流となり、最近では「嫌煙ブーム」とまで言われるような状況になっています。今や日本中どこに行っても簡単には煙草を吸うことが出来ず、もし喫煙所があったとしても、それは一般社会から隔離されているかのように申し訳なさそうに片隅に佇んでいるのですから、愛煙家の皆さまはさぞかし肩身の狭い思いで毎日を過ごされておられることでしょう。

そういう私もかつては愛煙家の一人でした。今ほどではないにせよ、当時も禁煙を勧める人は周囲にいらっしゃいましたが、彼らに対して私は「喫煙者は高額納税者なのだから表彰されたいくらいだ」と笑い飛ばし、「煙草は百害あって一利なしというが、確実に一利はある」と煙草の存在価値を主張し、しまいには「一度決めたことを途中で止めるような意志の弱い人間にはなりたくない」と煙草を愛する自分自身を正当化していたものです。

昭和を生きてきた愛煙家には楽園とも言える、かつては日本中どこでも煙草を吸えるという、今では信じられないような時代がありました。まず、煙草を吸えない乗り物はなかったと言っても良いでしょう。タクシーが全国的に禁煙になったのは記憶に新しいところですが、それは最後まで喫煙可能な乗り物がタクシーだったことを意味しています。

かつてバスや電車の中では当たり前に煙草を吸えました。新幹線は喫煙出来る車両の数の方が多かったはずです。飛行機の中でさえ普通に吸えました。

バス停・駅のホーム・空港といった搭乗を待つ場所では、煙草を吸えるどころか、どうぞお時間までおくつろぎ下さいと言わんばかりに、各所に親切丁寧に灰皿が備えられていました。もちろん吸い殻でいっぱいになった灰皿を綺麗なそれと取り換えるスタッフも備わっていました。

学校の先生の喫煙姿はとても思い出深いです。放課後に担任の先生を訪ねて職員室に伺うと、室内に煙草の煙が充満していました。仕事のあとの一服だったのでしょう。それならまだ納得出来ますが、あろうことか、生徒が頭を悩ませているテストの最中に、管轄の先生が自分のデスクに座りゆっくりと煙草の煙をくゆらせている姿は、今でも脳裏に焼き付いて離れません。

会社には喫煙所などなく、当たり前のように自分のデスクで吸えました。少なくとも私が最初に就職した会社は、社員の机に灰皿とコーヒーカップがあり、一定の時間になると女性社員の方が「お疲れさま」と声を掛けてくれながら、カップに温かいコーヒーを注ぎ、吸い殻でいっぱいの灰皿をきれいな灰皿と交換してくれました。

映画館では、前方に座っている人の吸う煙草の煙越しにスクリーンを観ていました。ちなみに昭和の映画は、見せ場になると主役が煙草を吸うシーンが多いような気がします。

病院の待合室では、多くの患者さんが診察前に息を整えるために一服していました。

煙草を吸えない飲食店など、見たことも聞いたこともありませんでした。

平成生まれの人にとっては信じられないかもしれませんが、要するにかつては日本中どこでも煙草を吸えたのです。

父親に頼まれて近所の煙草屋に煙草を買いに行くと「ボク、えらいね」と店の人に褒められました。小学生が煙草を買えて、しかも褒められる時代が実際にあったのです。

現実に戻しましょう。

現在の私の店は喫煙可能です。お酒を提供する店なので、なかなか禁煙とまではいきません。それでも創業当時と比べてみると、明らかに喫煙者の数は減少しています。

最近では電子煙草とかいう代物も出現しました。煙草の煙の代わりに水蒸気が出るそうです。なんでもこれで他人には迷惑が掛からなくなったのだとか。

どうやらBARと言えども、今や周囲に気を遣って喫煙するのが自然体になっています。

最近幅を利かせている嫌煙家の方にとっては、どこでも自由に喫煙出来た昭和時代のどこが「古き良き時代」なのだとお叱りを受けそうですが、こと私に関して申し上げますと、私が完全に禁煙した理由は健康のためではなく、吸いたいという気持ちより吸い辛いという気持ちの方が勝ってきたためです。

ますます高齢化が進む今日において、社会全体で健康について考え、取り組むことは非常に良いことですが、他方そのために社会が徐々にゆとりがなくなっているとしたら、それはそれで寂しく感じます。

『ベッドで煙草を吸わないで』(沢たまき・昭和四一年)という歌があります。このような時代になってしまったからこそ、なおさら不世出の名曲と言えるのかもしれません。

## バブル期

昭和の楽しかった思い出を語るのに、絶対に外せないことを一つ挙げるとしたら、「バブル期の思い出」と答える方が圧倒的に多いのではないでしょうか。

一般的にバブル期とは「日本における一九八〇年代後半から一九九〇年代初頭の好況期のこと」と定義されています。私自身、大学時代の後半から、就職して五年目くらいが正にその時期にあたり、若いなりにもバブルの恩恵を受けた一人です。まずは自分自身の実体験をほんの少しだけご紹介しましょう。

私は大学時代のある時期、京都は祇園街の高級クラブでボーイのアルバイトをしていました。アルバイト代は時給八百円で、当時の飲食業界の中では比較的高額だったと思います。しかし私を驚かせたのは給料ではなく、時折お客さまから頂くチップでした。おそらくひと月のチップの総額は給料に匹敵するくらいの額ではなかったでしょうか。さらに、お客さまの半数以上の方が高級ブランデー・ヘネシーをキープしていました。実は当時の私はそのことについて特に何も感じませんでしたが、今日こうしてお酒を扱う仕事をするようになり、お酒の価値が分かるようになった今にして思うと、それは明らかに異常な世界だったと言わざるを得ません。

ステーキハウスのアルバイトもバブルそのものでした。そこは神戸牛を扱う専門店であり、多くの著名人のご来店もごく普通にありましたが、私を最も喜々とさせたのは、開店前に頂く賄い料理のメニューでした。5名のコックさんが日替わり当番で賄いを作る規則の中、それぞれの方が（たぶんあまり経費を気にせずに食材を仕入れて）腕を競うため、毎日が豪華料理のオンパレードでした。自分史上、後にも先にもあんなに連日贅沢な食事をした時代はありません。

就職活動は全く苦労しませんでした。なぜなら学生一人に対して求人が5社もあった時代です。ある外食産業の会社の説明会に参加した際に、自社商品の料理をお腹いっぱいご馳走になりました。これだけでも今では考えられないのに、何とその数日後に自宅に内定通知書が届きました。まだ一度も面接をしていないのに、です。大企業はそれどころではありません。内定者を長期間に渡り海外旅行に招待することによって彼らが他社へ流れないように拘束する、というやり方はどこも常套手段だったのですから。

就職してからもバブルを垣間見ることが出来ました。ほんの一例ですが、二十代半ばに私が在籍した会社は、二千円以下のタクシー代の清算は領収書を不要とする自己申告制でした。その気になれば、毎日お給料以外にお小遣いが稼げたのです。今の時代、このようなゆるい会社は日本中のどこにもないと思います。

銀座を古くから知る方の話を聞きますと、バブル期の銀座たるや、そのスケールの大きさは桁違いです。以下にご紹介するのはその一例です。

☆「当時はタクシーになんか乗ったことないよ」とおっしゃったので「毎日電車だったのですか？」とお聞きしましたら「まさか、毎日ハイヤーだったよ」と返されました。

☆「今から札幌ラーメン食べに行こうよ」と誘われたので「いいよ」と答えたら、羽田空港まで連れて行かれて、そのまま札幌へ直行。本当にラーメンを一杯食べただけで帰って来ました。

☆あるホステスさんがご常連のお客さまに「お誕生日プレゼントを持って来たからちょっとお店の外に来て」と言われたので外に出てみると、大きなリボンでラッピングされたベンツが一台置いてありました。ところが彼女は喜ぶどころか「ベンツは好きじゃない、どうせならポルシェにして」と言って、ポルシェに買い替えさせました。

☆銀座で一番大きい通りは片側三車線ですが、バブル期はそのうちの二車線は駐車スペースで残りの一車線が通行車線でした。つまり飲酒運転が当たり前の時代だったのです。

このような時代を振り返ると、バブル経験者は「あんなにお金が溢れていて楽しい時代がもう一度やって来ないだろうか」と口をそろえます。私もこうして商売をしていて、毎日労せずしてお店にお客さまが集まったバブル期の話を聞くと、何とも羨ましい念に駆られます。しかし当時を知る業界の重鎮は断言します、「あの時にいい思いをした仲間は、今では一人も残ってないよ」と。楽して儲けることが当たり前になった人は、その後に押し寄せて来た不況の波には、全く太刀打ち出来なかったそうです。

そのように考えますと、バブル期は昭和の貴重な思い出の一ページとして割り切り、今は自分の置かれている日々を地道に生きるのがベストなのかもしれません。

余談ですが『CHA-CHA-CHA』（石井明美・昭和六一年）、『SHOW ME』（森川由加里・昭和六二年）を聴くとノリノリになる人は、多少なりともバブル期の恩恵を受けた人と思って間違いないでしょう。

# テレビ番組

今までに観たテレビ番組の中で、最も記憶に残っている番組を三つ挙げるとしたら、いつの時代のどの番組を挙げますか？　これは世代によって全く意見が異なるので、同世代が集まった時にお酒でも飲みながらディスカッションすると大いに盛り上がります。

私が挙げる三つの番組は『ＮＨＫ紅白歌合戦』（昭和二六年～現在）、『8時だョ！　全員集合』（昭和四四年～昭和六十年）、そして『ザ・ベストテン』（昭和五三年～平成元年）です。

ここでは番組の概要については割愛させて頂きますが、これらの番組に対する私の記憶を一言で言うなら、紅白歌合戦は幼少の頃、大晦日に一家団欒で観た毎年恒例の風物詩であり、全員集合は小学生の頃に毎週土曜日になると確実に笑わせて頂いたバラエティー番組であり、ベストテンは今週のランキングが気になり、次の木曜日が待ち遠しかった中高生の頃に夢中になった音楽番組なのです。

そしてその凄さは（偶然ですが）数字でも示されていました。

【テレビ番組　歴代高視聴率ランキング】（ビデオリサーチ）によりますと、紅白歴代最高視聴率（昭和三八年十二月三一日放送分）が八一・四％で全体の中で第一位、全員集合の歴代最高視聴率（昭和四八年四月七日放送分）が五十・五％で全体の第四三位、ベストテンは残念ながら同リサーチ五十傑の圏外でしたが、昭和五六年九月十七日放送分が同番組歴代最高視聴率四一・九％を叩き出しており、まさにテレビ史に残るお化け番組と言えます。ちなみに同リサーチの残り四八番組のほとんどはニュース、スポーツ、ＮＨＫ朝の連続テレビ小説でした。

ここで特筆すべきことは、この3番組のいずれも生放送だったということです。想定外の出来事がたった一つ発生するだけで番組全体が狂ってしまう生放送を、彼らは毎回世に送り届けていたのでした。この緊張感たるや私には計りしれませんが、今思い返してみると彼らの情熱は確実にお茶の間に届いていたような気がします。

さて、昭和を生きてきた人が集まると決まって聞くのが「最近のテレビは全く面白くない」という嘆きです。実際に私もそう思いますが、その確固たる原因は定かではありません。しかし中にはその原因を追究する人も少なくありません。素人さんならではの彼らの様々なご意見をここにご紹介させて頂きます。
☆バラエティー番組はどれもお笑いタレントがメインで、そのお笑いタレントが全く面白くない。ただただ彼ら自身が楽しそうに見えるだけで、こちらは余計につまらない。
☆ドラマは視聴率の獲れそうな人気タレントのキャスティングに力を入れており、一番肝心な内容そのものが乏しい。昔のように無名タレントが一つのドラマから一躍大スターになるなんて、今では考えられない。
☆高齢化社会のせいだろうか、やけに健康番組とクイズ番組が多い。
☆我々の青春期はテレビと音楽が唯一最大の娯楽であったので、エンターテインメントが多岐にわたる現代とは必ずしも比較出来ない。
☆テレビ局側が利益第一主義に走り過ぎ、肝心な番組の制作を自社でするのではなく、下請けの制作会社に安く任せているのではないだろうか。
☆いくらプロデューサーが番組をヒットさせても、彼が出世出来るとは限らないテレビ局事情があるらしい。もしそうだとしたら、番組作りに力なんか入る訳ない。
と、信憑性はともかく皆さま多種多様のご意見をお持ちです。
私的には、どのテレビ局（全国のキー局）も開局から五十年以上も経ており、当然ながら現代の番組の制作技術は当時のそれよりも格段に進歩を遂げているはずなのに、なぜ現代の番組が昔の番組と違って魅力的ではないのかを考えた時、やはり先に申し上げました「視聴者に番組制作サイドの情熱・緊張感が伝わってくるか、伝わってこないか」が大きいような気がしています。例えば近年のＮＨＫ紅白歌合戦ですが、番組の超目玉的な出演者は中継シーンが目立ちますし、バックの演奏は昔のように生演奏ではなく、最近では事前録音のカラオケが主流なのだそうです。これらが年々下降傾向にある視聴率と関係があるのかないのかは何とも言えませんが、制作側にもお茶の間にも昔ほどの緊迫したムードは感じられないのは否定出来ません。

テレビや音楽といった娯楽は、主に青春期の視聴者に多大な影響を与えます。実際に我々世代が集まっても、テレビや音楽の話と言えば青春期の思い出話ばかりです。ですから逆に言えば、最近のテレビ番組における我々世代の感想など実はどうでもよく、今まさに青春真っ只中にいる現代の若者が、本当に今のテレビ番組の内容に満足しているのか満足していないのか、あるいは将来の彼らに影響を与えるような番組があるのかないのか、とても重要なのだと思います。

# スーパーカーブーム

私たちの世代の多くの男性は小中学生時代にスーパーカーブームに沸きました。事の発端は、昭和五十年にブレイクした漫画『サーキットの狼』（池沢さとし作）にあります。この掲載雑誌（少年ジャンプ）によって、私たちは初めてフェラーリ、ランボルギーニ、ポルシェといった世界のスーパーカーを目の当たりにしたのですが、それは後にやって来るスーパーカーブームのほんの火付け役にすぎなかったのです。

スーパーカーブーム、それはまず雑誌の中の世界の名車に憧れ、漫画や写真だけでは納得するはずもなく、ミニカーの収集やプラモデル作りに夢中になり、やがて本物を見るためにカメラを持参して撮影会イベントに群がり、そしてついには地元の街中を疾走する本物のスーパーカーの格好良さ、美しさに魅了され「自分もいつか乗ってやろう」と秘かに誓う、ブームの流れとしてはこんな感じだったと思います。

昭和世代の男性陣が集まると自ずと車の話になることが多いのは、決してこのブームと無関係ではありません。最近になって子供も成人し、少しは自分のことにも時間とお金を費やせるようになったのでそろそろ好きな車を買おうか、そんな堅実な人間は少なくとも私の周りにはほとんど見受けられません。実は意外なことに、皆さま若い時に（給料も安いはずないのに）苦労してガチガチにローンを組んで結構な車を購入しているのです。フェラーリ、ベンツ、マセラティ、シボレー……、何を隠そう私も三一歳の時にポルシェを購入しました。六年落ちの中古車を五年ローンで。

このように安月給の分際でありながら高級車を購入するという、一見無謀とも取れる行動の意図は「一つの夢を叶える」ためです。いくつかの夢に向かって行く中で、子供の頃から抱えてきたこのような夢があると、まるでそれが目の前に立ち塞がっているようで次の段階に進めないのです。少なくとも私はそうでした。ですから次へとステップアップするために、薄給であるにもかかわらず敢えて無理して買ったのです。そうして目の前の目標をクリアしたせいでしょうか（気のせいかもしれませんが）、その後はそれまでの自分にはなかった、明日へ向かって疾走するかのような勢いが付いたのをよく覚えています。

私の店は昭和音楽の流れるオーセンティックなバーであり、お客さまは昭和を生きてきた人たちが大半を占めています。しかしながら昭和に関係のない、若い世代のお客さまも少なからずいらっしゃいます。そんな彼らと話していると、決定的に我々世代と異なる点があります。それは「欲がない」こと。欲がないということは、ひょっとして「夢がない」のではないだろうか、と聞いていて不安になってしまいます。これは血気盛んだった私たちの二十代の頃には考えられなかったことです。

彼らが「欲は生きていく上で邪魔なものであり、人生は修業であり解脱こそ人の歩む道である」的な考えでもお持ちならそれも良いでしょう。しかし、もしそうではなく、ただ単に無気力であるとしたら、彼らの親世代、つまり我々世代にその責任の一端があるのかもしれません。

もしも私が今、スーパーカーブームに心躍らせた当時の小学生に戻ったとしたら、果たして現在の車の中に将来乗りたいと思わせてくれる車があるでしょうか？　残念ながら答えはノーです。少なくともあの当時は、外車に限らず、トヨタ２０００ＧＴ、コスモスポーツ（マツダ）、ＧＴＲ、フェアレディＺ（いずれも日産）が世界の自動車業界を驚愕させていましたし、ホンダに至ってはその後にＦ１界で長年に渡り世界の頂上に君臨し続けたのは周知の事実です（専属ドライバーがアイルトン・セナとアラン・プロストという、まさしくＦ１史上最強のドリームチームでした）。

このように国内の自動車メーカーも、海外ブランドに負けまいと子供の私たちに夢を与え続けてくれました。それが今や悲しいかな、車好きの私でさえどの国産車も見た目では車種を識別出来ません。何せみんな同じ顔に見えるのですから仕方ありません。確かに排ガス規制、地球温暖化対策などでエコカーの開発に重きを置くのは理解出来ますが、少なくとももう少し私たちに、ひいては子供たちに夢を与える車を作って欲しいものです。世界中を驚かせたあの頃のように。

ちょうど今『プレイバックＰａｒｔ２』（山口百恵・昭和五三年）を聴いています。

〃緑の中を走り抜けてく真っ赤なポルシェ　一人旅なの私気ままにハンドル切るの〃

この歌詞の映像は、四十年もの間ずっと私の脳裏に焼き付いています。この歳になって「子供に夢を与える重要性」がようやく分かってきたような気がします。

# 夏休みの過ごし方

夏休みの思い出は、その時代ごとに全く違った懐かしさで彩られています。

私は小学校の低学年の頃は、午前中からテレビにかじりついていました。確か『夏休み子供スペシャル』というアニメ特番で「海のトリトン」「黄金バット」「不思議なメルモ」「妖怪人間ベム」などが一日に三本立てだったような気がします。午後からは近所の仲間の家に繰り出しました。その中でも玩具をたくさん持っている子の家は溜まり場でした。

小学校も高学年になると行動範囲が急に広がりました。早朝から栗の木林へクワガタ採りです。それも前日の夕方からエサを仕掛けるという念の入れよう。午後からは野球をやったり、プールで泳いだり、レースと称して公園を自転車で走り回ったり、と実に活発に遊び呆けていました。ちなみにこの自転車レースは、先述のスーパーカーブームの流れから来ているものと思われます。

中学校の夏休みは単純明快、クラブ部活動（通称・部活）オンリーでした。私は陸上部に所属し種目は長距離が専門、夏の大会は一年間の中でも最大のイベントであり、お盆休み以外は練習に明け暮れていたように記憶しています。当時は「練習中は水を飲むな」という時代、今にして思うとこれぞ昭和の象徴と言っても良いでしょう。

さて、これらを今の時代と比較してみます。

まず、現在は夏休み特別企画のテレビ放送などありません。と言うより、DVDが溢れ、ネットの中に映像が流出している現代において、それを必要としていません。代わって子供の遊びはゲームが主流となっています。つまり今の時代、子供にとってテレビはハードの役割のみが必要であって、ソフトは各自好きな物を持ち込む、というのが現実のようです。また昆虫採集や魚釣りのような生き物との触れ合いも、これだけ自然が破壊された今ではおとぎ話の世界になりつつあります。さらに勉強においては塾通いというのが最近の特徴のようです。それどころか、どうやら塾の方がメインになっており、学校の補習などは減少の一途を辿っているそうです。

そして私が最も驚いているのが「スポーツのプロ化」です。当時スポーツは学校の部活だけでしたが、現代では校外に専門クラブがあり、そちらに所属することによってより強いアスリートを育成しています。野球リーグ、サッカーリーグ、陸上クラブ、スイミングクラブなどがそれに当たります。そのほとんどが有料クラブのため賛否分かれるところですが、実際にプロ野球選手やサッカーのJリーガー、そして水泳の五輪出場選手のほとんどが今やこれらの専門クラブ出身者であり、彼らの個人技・記録ともに我々の時代と比べて大幅に伸びているのは紛れもない事実なのです。

こうして昔と今の夏休み事情を比較してみますと、そこには社会の変化が密接に関係しています。例えば、自然が破壊されたから外で遊ばなくなった、さらに子供が外で遊ばなくなったからゲームの世界が発展した、あるいは学校の指導力が低下したから塾や専門クラブといった校外の機関に頼るようになった（逆かもしれませんが）、そしてついには地球温暖化が進んだために運動中の水分補給が不可欠になった、といった具合です。思うにこの「水」に関してですが、約四十年前の夏は気温が三十℃を超えると皆が温度計を指して驚いていたものです。この事実から当時は現代と比べて平均気温が五℃以上も下回っていたと推測出来ます。つまり昔は今ほど水分を補給する必要がなかったのです。昔に比べてこれだけ水分補給の重要性を訴え続けていながらも、熱中症で倒れる人の数が今の方が圧倒的に多いのがそれを物語っています。

余談ですが、私の小学生の頃の冬休みは、雪だるまを作ったり雪合戦をしたりと、雪の思い出が付き物でした。雪が滅多に降らなくなった、あるいは降ってもその量がたかだか知れている今と比べると、全くの別世界です。さらには、校庭でおしくらまんじゅうをしたり、上半身裸になってタオル片手に乾布摩擦をしたりと、これも暖房器具が充実した今では想像も出来ない、当時の冬の学校教育でした。

これからも文明は発達し続けることでしょう。そしてそれによって子供たちの夏休み（冬休み）の過ごし方も変遷し続けるに違いありません。本来はより過ごしやすい生活のために文明の発達が求められたのに、いつの時代からなのか、文明の発達により私たちの生活が振り回されるようになった気がします。

『夏休み』（昭和四六年）は吉田拓郎の名曲です。長きに渡りずっと同じスタイルで歌い続けている彼の目には、いったいこの現実がどのように映っているのでしょうか。

# 黒電話

最近ごく当たり前に携帯電話で通話し、スマートフォンでメールあるいはラインを送って相手と簡単に連絡を取り合っていますが、時に「若い頃にこんな便利な物があったなら、また違った楽しい人生だったのだろうなぁ」と今を羨ましく思うことがあります。ここでは、昭和を生きてきた人たちにとって、懐かしくもあり、ちょっぴりほろ苦くもある思い出話をしましょう。

私たちの幼少期は、電話と言えば黒塗りの電話機の一種類のみでした。しかもまだまだ全世帯には普及していませんでした。それもそのはず、この黒電話は昭和三八年に初めて個人宅に提供され始めたのですから。そして昭和六十年にプッシュ型留守番電話機が登場するまで、長きに渡り我々の悪戦苦闘の時代が続いたのです。

苦労した理由は、言うまでもなく話したい相手と直接つながり辛い点にあります。小学生の時にクラスの好きな女の子の家に電話を掛けて、父親らしき男性の「もしもし」という声が聞こえた瞬間に受話器を置いた経験は、男子なら誰もが一度や二度はあるでしょう。

そのうちに知恵がついてくると、「六時に電話するから電話の近くにいてくれる？」となり、さらに進歩して「一回鳴らして切るから、すぐに折り返し電話ちょうだい」となる。こうした黒電話に関する苦労は高校卒業まで続きました。

中学生になると宿題の量が多くなり、文字を書く機会が小学生の時と比べて飛躍的に増えました。そのせいでしょうか、黒電話以外の連絡手段として「交換日記」というのが流行りました。ご存じない方のために簡単にご説明しますと、交換日記とは「ある気に入った人とのみ共有する一冊のノートであり、そこに書き綴る内容は今日の出来事はもちろん、趣味の話、他の友人との人間関係の相談、そしてあなたへの思い、など特に制約はなく、翌日に教室でこっそり交換する」行為そのもののことです。私は好きなタレントのこと、試験前にはテストの予想問題などを交換し合ったことを覚えています。文字通り青春の一ページを飾る思い出ですが、このノートを部外者に見られた時ほど恥ずかしいことはありませんでした。

高校生になると、さらに視野が広がり「文通」が流行りました。今ではすっかり死語となりつつありますが、当時はあらゆる雑誌に「ペンパル（文通相手）募集コーナー」があり、たった数行の自己紹介欄を見て、言わば直感で文通する相手を選んでその雑誌の出版社に応募し、相手から返事が届いたら文通を開始する、という大変アナログなシステムでした。当然相手の顔も知らず、分かっているのは名前、住所、趣味だけです。発想そのものは今で言う「出会い系」に近いものがありますが、顔も知らない人に住所を教える訳ですから、今より勇気を必要としたのは間違いありません。素性の分からない人と文通して何が楽しいの？　と思う方もいらっしゃるでしょうけど、実は文通には三つの長所があるのです。

一つ目は想像力が鍛えられたこと。とにかく相手から届いた手紙を読んで、相手を自分の理想の人物に近づける努力は惜しみませんでした。そうでもしなければ見知らぬ人と文通など出来るはずないですから。二つ目は自己ＰＲ力が鍛えられたこと。相手に自分を良く見せようと、一所懸命に手紙を書き綴ったものです。私は自分をさりげなく宣伝するのを心掛けていたような気がします。そして三つ目は、文字が綺麗になったこと。文通するにあたって文字が汚いのは致命傷です。

この三つの要素は今現在も間違いなく大いに役立っていると自負しています。ただし、何ごとも終わりは来るものです。三年間も続いた文通相手と「そろそろ顔を見たいから写真を交換しましょうか」ということになって「まずはあなたから」と言われたので、中でも一番気に入っている写真を送ったところ、その日以来パッタリと文通が途絶えてしまいました。あれだけ何十通も手紙を交換したのに、最後は切なく淋しい終焉でした。

このような今となっては起こり得ない体験が出来たことこそ、まさに昭和の思い出です。黒電話の（何とも不自由な）生活は、大学生になり自室に電話を引くようになってようやく抜け出すことが出来ました。その後の携帯電話、メール、スマートフォン、ライン、といった文明の目覚ましい発達には目を見張るばかりです。

本来はいかに昭和の時代が良かったかを述べるつもりが、ここでは平成の時代の伝達手段がいかに便利であり平穏であるかを述べるとともに、決して黒電話の時代には戻りたくないことを切に申し上げます。ただし携帯電話に慣れている現代の若者に、一度で良いから彼女宅に黒電話で電話を掛けるスリル感を味わって欲しい、という意地悪な気持ちは少しだけあります。

# 肉食系と草食系

肉食系と草食系という言葉は今でこそ普通に使われていますが、その言葉の歴史は意外にも浅く（日本語俗語辞典によると）それらは平成十八年に命名されています。言葉の意味は「肉食系とは主に恋を手中に収めるため、自ら積極的に行動すること」であり「草食系とは主に恋愛に対して欲がなく、積極さに欠け淡々としていること」だそうです。

この言葉に関して我々世代の共通した意見、それは「俺たち昭和の男は全員肉食だったから、草食なんて言葉は考えられない」というものであり、また「当時仮に今で言う草食系の男がいたとしても、そんなこと恥ずかしくて自分から他人には言えなかったはずだ」というものです。しかもその三年後の平成二一年、今度は「肉食女子」という言葉が生まれました。これまでは肉食系と言えば男性のみだった世の中に、新たに肉食系の女性が出現したことを意味しています。さらにごく最近のある調査結果によると、驚くことに現在の独身男性の約半数が「自分は草食系である」と認識しているのだそうです。

ちょっと整理してみましょう。昔（昭和の頃）は男性の大部分が肉食系で、女性の大部分が（見た目は）草食系でした。それが、平成に入りいつの頃からか男性の中に草食系が登場し、そしてついには女性の中にも肉食系が登場するに至りました。いえ、もう少し柔らかく表現するなら、平成になって自分は草食系であることを良く思う男性が増え、時を同じくして自分は肉食系であることを堂々と表現する女性が増えた、と言った方が正しいのかもしれません。しかも現在、男性の草食系と女性の肉食系が急速に増え続けており、このまま行くといずれ近い将来その数が逆転し、男性の大半が草食系で占められ、女性の大半が肉食系で占められる時代がやって来る可能性が高くなってきたのです。

では、肉食系の男性と草食系の男性のどちらがモテるのか、誠に勝手ながら私の店にご来店頂いた女性のお客さまにお聞きしてみました。結果は肉食系の男性を支持する声が圧倒的に多数でした。その理由として「男性にグイグイ引っ張られたい」「女性から男性を誘うなんて出来ない」「デートで割り勘なんてサイテー」「好きな男性になら襲われても良い」などの意見が挙がっておりました。

肉食系と草食系。そのどちらが良いのかは分かりませんが、今述べてきたこれらのデータと現在我が国が抱えている少子化問題が、少なからず関係しているように思えます。さらには「スーパーカー」の項でも述べましたように、若者から欲がなくなったことも、草食系男子が増えていることと決して無関係ではないでしょう。

そう言えば、当店で昭和の歌謡曲を聴きながら「最近の歌にはついていけない」と嘆くお客さまがなんと多いことか。正直に申し上げて、昭和を生きてきたことを自負するお客さまのほとんどが同意見です。このことに関して私はこれまで深く考えたことはありませんでしたが、よくよく思い返してみますと、昭和の名曲の中には肉食系男子の気を引く歌詞が多数存在します。

イントロとほぼ同時に女性の喘ぎ声が入る『伊勢佐木町ブルース』（青江三奈・昭和四三年）、不倫生活を堂々とテーマにした『他人の関係』（金井克子・昭和四八年）、好きな男性に自分の処女を捧げる『ひと夏の経験』（山口百恵・昭和四九年）、倦怠期の二人の関係を再び刺激的な関係に戻そうとする『時には娼婦のように』（黒沢年男・昭和五三年）、複数の男性と同時に恋愛を楽しむ女性を歌った『魅せられて』（ジュディオング・昭和五四年）など、挙げだしたら切りがありません。さらに、好きな男性に黙って明日この街から出て行く切ない女心を歌った『つぐない』（テレサテン・昭和五九年）、他の女性の所に行ってしまうくらいなら、あなたを殺してでも行かせないようにしたいという女の情念を歌った

『天城越え』（石川さゆり・昭和六一年）、不倫関係を清算したいのにどうしても出来ない悲しい女の性を歌った『抱いて…』（松田聖子・昭和六三年）などは男性のみならず女性にも大人気の肉食的な歌です。

残念ながら、近年のヒット曲の中にはこのような歌詞は見られません。肉食系が多数を占める私たちの世代が、なかなかサウンド重視の最近の歌を受け入れられないのと同じように、草食系の人が増えてきた今の時代には、このような人間の心の奥に潜んでいる愛憎の感情を綴った歌詞は受け入れられない、ということなのでしょうか。

だとするならば昭和の時代に生まれ育った肉食的な私たちにとって、こうしてたくさんの肉食系の名曲に出会えたことは、実は必然的であり、それは運命的でさえあります。

昭和を生きてきた人たちは、おそらくほぼ全員がこと音楽に関しては今より昔の方が良かったと思っている事実、これこそ古き良き昭和の時代の象徴と言えるでしょう。

## 飲み会

ある日、私の店に四名の男性客がご来店。雰囲気・時々聞こえてくる会話から想像して、明らかに社内の部署の飲み会です。終始円満に会が運び、約二時間を経て終宴を迎えました。そこで最後に上司が締めのご挨拶「今日は本当に有意義な会だった。みんな、ありがとう。お疲れさま。こういう会は月に一回はやりたいな」と述べたその時、その中で最も若い彼が言いました。

「すいません、二ヶ月に一回にしてもらえませんか」

これは実際に目にした光景です。この出来事は私には大変な衝撃でした。なぜなら私にとって上司・先輩との飲み会は出欠の有無を言わせない必須項目でしたので。そこで同世代の仲間にこの光景を話したところ、「その彼、飲み会に出席しただけ良い方だよ」「確かにそうだよね、今の子は誘っても平気で断るからこっちも誘い辛いんだよね」「かつて飲み会に出席したら残業代は付きますか、って聞いてきた社員もいたよ」などなど回答が返ってきました。私が再び衝撃を受けたのは言うまでもありません。

次に示すのは、自分は若い頃は飲み会をこのように考えていた、という個人的な意見です。私にとって若き日の飲み会は、今となっては古き良い思い出なのです。

私が長きに渡り身を置いていた業界は、上司・先輩は絶対的な存在でした。たぶんあらゆる業界の中でもそこは突出していたと思います。二十代半ばで右も左も分からず入社した私は、すぐにそういう世界だと気づかされました。

まず、入社した翌日に上司から誘われた飲み会のことは忘れもしません。私は当然「新入社員歓迎会」だとばかり思って喜んでいたのですが、その会が終わるまで「お前、なにボケっとしてんだ、もっと周りに気を遣え」と何度も何度も言われ続けました。そうです、私が飲み会に誘われたのは、お店に料理を注文したり、空いたお皿を下げたり、グラスにお酒を作ったりするための要員だったのでした。とりわけ接待や飲み会の多い業界だったことと、当時はバブル期というのも手伝って、そのような飲み会は毎日のようにあったと記憶しています。そんな世界に（最初は多少面食らいましたが）なぜすぐに順応することが出来たのか。それは、連れて行かれるお店が、自分のお金では到底行くことが出来ない敷居の高いお店ばかりだったからです。当時ほとんど無一文だった私にとって、またそれまでは居酒屋でしか飲んだことのない私にとって、連れて行かれるお店で目の当たりにする料理とお酒はまさに夢のようでした。もっとも叱られているうちは味わえたものではなかったですが、段々と叱られる回数が減るにつれて美味しく感じるようになっていきました。やがて上司に叱られることもなくなり、それなりにテキパキと振る舞えるようになった頃「もっと飲め」「遠慮しないで食べろ」「あまり周りに気を遣い過ぎるな」と言われるようになったのです。今にして思うと、こうして私は上司・先輩に可愛がられながら仕事を覚えていったような気がします。

私がここで最も申し上げたいのは「飲み会への出席は自分の成長のため」ということです。上司・先輩と飲めるなんて幸せに尽きます。彼らの本音を聞くことが出来て、なおかつ自分を見てもらえる絶好の機会なのです。しかも自分のお金を一切使わずに飲食出来るのです。私にはこの機会を断る人の気が知れません。もちろん「毎日のように飲み会があるのは困る」という人の気持ちは分からなくはないですが、このご時世、社内の飲み会なんて月に一、二回程度のこと。ぜひ楽しむ気持ちで参加して頂きたいものです。

次に、今では上司・先輩になっている我々世代の方々にですが、部下が飲み会を断ったら「これからは誘い辛い」なんて言うのは寂しい限りです。確かに彼らからは「終業時間を過ぎているのになんで付き合わないといけないの」という不満はあるでしょう。しかし、かつてそのように拒否した部下・後輩に、いったいどれだけの仕事が出来たでしょうか。これは今盛んに取りざたされているブラック企業とは全く異質の話です。ちなみにブラック企業とは、末端従業員（主に若者）を、辞めることを想定して大量に採用し、彼らに労働基準法を完全に無視した長時間労働やサービス残業といった違法労働を課し、使いつぶし、次々と離職に追い込む企業のことです。こういったブラック企業を外から見ていますと、とても身近にいる若者にその会社の入社など勧められるはずがないですし、万一その企業に知り合いが勤めていたら、間違いなく早期の転職を推奨することでしょう。しかし今私が話している「飲み会」のある会社は、末端社員を使い捨てるブラック企業どころか、彼らを慰労し、また彼らの成長を期待する、まさにホワイト企業なのです。

ブラック企業を辞めて転職し、次の世界で成功を収めている人たちはたくさんいらっしゃいますが、淋しいかな、飲み会をサービス残業だと勘違いし、それを理由に辞めていった人たちの新天地での活躍ぶりは、未だに誰一人として私の耳には聞こえてきません。くれぐれもホワイトとブラックを見間違えませんように。

## 音楽

あらゆる業界の諸先輩方が、お酒を召し上がるとついつい昔話に花が咲くのは世の常と言うもの。それは私の店でも例外なく、かつて作曲界の重鎮の先生がご来店頂いた際にはレコーディング技術の今と昔の違いを語って下さいました。

先生曰く、昔は歌を録音していて、ある箇所だけ録り直したくてもそんな技術はなく、録り直すとなったら一から全部を録音し直さなくてはならなかったそうです。ですから歌手の皆さんも録音スタッフの皆さまも真剣そのもの。ところが今ではワンフレーズどころか一文字だけでも録り直しが技術的に可能になりました。もはやそれは歌声の録音ではなく、言葉の録音です。そうなると当然スタジオ内の緊張感は薄れ、良い作品が生まれるはずがありません。先生から聞かされたのはそんな嘆き節でした。

そう言えば、よく当店のお客さまが「最近の歌手は皆さん歌が上手いよね。昔なんかは下手な人でもちょっと可愛かったり格好良かったりするだけで平気でレコードを出していたからね」とおっしゃいます。しかしそれは大きな間違いで、本当は「昔は下手を隠せなかったけど今は見事に隠して上手に見せることが出来る」と言うのが正解なのでしょう。

昔と今の違いはレコーディング技術だけではありません。出来上がった商品の話になりますが、レコードからCDへ移行したことは（昭和六十年当時は画期的だったのですが）音楽業界にとってプラスだったのでしょうか。少なくとも私の場合、レコードは音を聴く楽しみ以外にジャケットを見る楽しみ・集める楽しみがありました。

CDとはコンパクトディスクの略、すなわち形が小さく、重量が軽く、音が良質であることが最大の特徴でした。しかしそれと引き換えに「集める楽しさ」が全く失われてしまったような気がします。実際に私は商品が全面的にCD化されてからしばらくは一枚も購入しなかったのです。今ではすっかりなくなってしまいましたが、カセットテープにしても、自分たちで好きなアーティストの曲を編集する楽しさがありました。我々世代の仲間が集まり音楽の話になると、必ずと言って良いほどカセットテープの話になります。皆さん、古き良き思い出になっているのです。

ではレコードとCDの売上げ枚数を比較してみるとどうでしょうか。これはレコードがCD化されたから、という訳ではないのですが、昭和のレコード時代は、百万枚も売れようものなら一千万人の国民がその歌を口ずさめたような時代でした。これは、当時はテレビ業界も音楽番組が全盛期でしたので、五十万枚も売れるようなヒット曲なら、毎日何かしらのテレビ番組で同曲を耳にしたような時代でした。発売と同時に急いでレコードを買わなくても、その曲をよっぽど気に入ってから購入するような時代だったのです。ということは、日本音楽史上最もヒットしたシングル曲「およげ！たいやきくん」（子門真人・昭和五十年）は四五七万枚以上売れましたので、全国民の約半数がこの歌を口ずさめた、ということになります。そういう私も当時は小学生でしたが、レコードは購入していませんが今でも全編間違えずに歌えます。

それから四十年経ちました。今のＣＤの売り上げ事情はいかがでしょうか。どのアーティストもどのレコード会社も新曲が全くと言って良いほど売れなくなってしまった現在は、五十万枚も売れたらその曲の売上枚数は、おそらく年間で最上位を競うものと思われます。しかも最近は、そのアーティストの熱烈なファンに、同じＣＤを一人に複数枚購入させる戦略をとっているレコード会社もあると聞いて驚くばかりです。そうでなくても現在は当時と比べてテレビの音楽番組も激減している訳ですから、仮にＣＤが百万枚売れても、その曲を口ずさめる人は百万人もいないのではないか、という不安が過ぎります。ちなみに最近の音楽業界内では、十万枚売れたらヒット曲と言うのだそうです。

さて、最後は昔と今のアイドル事情についてです。現在、女性アイドルと言えばＡＫＢ48が真っ先に浮かびますが、少し前になりますが、同グループメンバーのうちの一人が男性と交際していることが発覚して問題になりました。同グループには異性との交際を禁止する規定があったためです。彼女は規約通りに罰則を受けたのですが、これに対して同情する声がかなり上がり、マスコミ各社も大きく取り上げたことを記憶しています。それもそのはず、今やアイドルが交際宣言するのは決して珍しいことではなく、それどころかアイドルの不倫さえもが発覚するような時代なのですから。

ところが昭和の頃は、アイドルが異性と交際するなど、規則を作るまでもなく禁止でした。それはファンへの裏切りだという認識からです。私もそれは当然だと思いますし、それが嫌ならアイドルになるべきではないと思います。ですから先のＡＫＢ48の交際騒動の際には、むしろ同情論が沸き起こったことに驚きました。我々世代にとって、夢中になったアイドルのことは今でも青春の思い出として輝いていますが、もしもそんな風に裏切られたなら、きっと良き思い出としては残っていなかったでしょう。

古き良き昭和の時代を彩ってくれた方々の、当時の陰でのご苦労が何となく見えるこの頃です。

COLUMN

# 客席から聞こえてくる昭和の言葉

青春期に親しんだ音楽を聴きながら友人と談笑していると、つい当時を思い出しながら口にしてしまう昭和の言葉があります。その筆頭は「レコード」です。昭和を生き抜いてきた人にとっては（たとえＣＤになっても）いつまでたってもレコードなのです。そしてその流れで「Ａ面・Ｂ面」の話へと続きます。ある業界で裏金のことを隠語でＢと称するそうですが、これはＢ面（裏）から来ているものと思われます。更に話は盛り上がって、「カセットテープ」の話題へと移ります。皆さま「ラジカセ」を駆使してラジオの音楽番組を「ダビング」してオリジナルのテープを編集していた時代がとても幸せだったそうです。

テレビの話題にも昭和の言葉は付き物です。何といっても当時は「チャンネルを回していた」時代です。最近ではチャンネルを合わせるとか選択するとか言うそうです。回すと言えば、電話で「ダイヤルを回す」と言うのも昭和ならではの表現です。さらに「ビールを回す」という豪快な飲み方も高度成長期の産物なのかも知れません。

他人（ひと）はこれらの言葉を簡単に死語と言いますが、私的にはこれからも生き抜いて欲しい「昭和言葉」なのです。

# CHAPTER02

# 仕事論

# イエスマンのススメ

「イエスマン」という言葉があります。日本語俗語辞書によると「イエスマンとは上司など目上の人に対してご機嫌取りをする人の一種」とのこと。どうも褒められた人物ではなさそうです。

実際に私も「社長の周りをイエスマンで固めるとその会社は駄目になる」「自分の意見を持て」「イエスマンにだけはなるな」など、これまでイエスマンには否定的な言葉だけが耳に入ってきました。

ところが私の店のお客さまには「なんだかんだ言っても、やっぱりイエスマンってかわいいんだよな」といった意見の持ち主が少なからずいらっしゃいます。それは経営者側の方に多いです。一方で、「私は自分の意見を曲げてまで仕事をしようとは思わない。正しいものは正しいし、間違っているものは間違っている。それを正して何が悪いのか」という意見もあります。従業員側の方のほとんどがこちらの意見です。どうやら同じ「イエスマン」という一つの言葉に対して、経営者側（上→下）と従業員側（下→上）では、その捉え方にかなりの温度差があるのは間違いなさそうです。

私も日々さまざまな業界の、さまざまなお立場のお客さまと接していますが、自分自身が会社に勤めていた頃には見えなかったようなものが見えることがあります。このイエスマンの捉え方もその内の一つでしょう。

先ほど述べた従業員側の意見は、ほとんどこれまでの私自身の意見と同じなので非常に共感が持てますが、一方で経営者の方々のお話をお聞きしますと非常に奥が深いのです。彼らのほとんどが「自分は上司に恵まれた」と口を揃えておっしゃいます。組織の中で出世するには、数字（業績）を上げているだけでは駄目、部下をまとめることが出来るのは当たり前、最も肝心なのは上司に好かれることなのだ、とも。では、上司に好かれるにはどうすれば良いのでしょうか。経営者側の方々のご意見を一つにまとめてみました。

「何があろうと絶対に自分に逆らわない部下はかわいい」これは世の中全ての上司が思っていることでしょう。つまり、逆らわないということは自分のことを信頼してついて来てくれるということ。だから上司もそんな部下の期待に応えたい、一緒に成功したいと思います。もちろん部下である彼も毎日一所懸命に仕事をしていれば、時には自分の意見を通したいと思う時もあるはずです。そんな時は五回のうちの一回くらいなら上司に進言しても良いのではないでしょうか。その時に二人の間に日頃から絶大な信頼関係さえ出来ていれば、上司は必ず部下の意見に耳を傾けてくれるはずです。

ではなぜ五回の内の一回しか意見を言ってはいけないのか。どうして正しいと思ったことを全部言ってはいけないのか。それは「立場をわきまえなさい」ということです。部下というのは上司に仕事を教わっている立場の人です。その彼が上司に進言するのは「例外」もしくは「特別」でなければなりません。五回とも全部意見していたら、それはもはや「例外」でもなく「特別」でもなく「またお前か」ということになります。そうなっては信頼関係も何もあったものではありません。逆に、日頃から我慢している部下から「今日だけはどうしても」と進言されれば「いつも何も言わないお前が意見を言ってくるということは、余程のことなのだな」と上司は彼の意見に耳を傾けることになります。

こうして日々努力をすることで二人の信頼関係を築き上げていくと、いざ上司が出世する時には必ずその部下を一緒に連れて行きます。これが出世の仕組みであり「上司に恵まれている」と思える瞬間なのです。

これまでは、イエスマンなんていつも上司にただハイハイと言っているだけの人間だと思っておりましたが、今こうして経営者の皆さま方の意見をお聞きして、最も新鮮に思えたのは、イエスマンになるのもかなりの我慢と努力を要する、ということでした。自分が正しいと思ったことを全て通したければ（何でも自分の思った通りにしたければ）、早く出世してトップになれば良いのだけれど、トップになるには途中は我慢するしかない。その我慢が出来ないような人は、今すぐ組織から離れて、独立でも起業でも好きにしたら良い、ということなのでしょう。

あたかも私が組織で成功しなかった原因を見抜かれているようで、大変お恥ずかしい限りです。もしも今の私が若き日のサラリーマン時代に戻って、このような優秀なイエスマンに徹し、堂々としつつも謙虚な姿勢で仕事に取り組んでいたのなら、もう少しくらいは組織の中で活躍出来たような気がします。

しかし「自分の意見を全て通したければトップになれ」とおっしゃいますが、そんな彼らを拝見しておりますと、イエスマンに負けず劣らずご自分の言いたいことをかなり我慢されているようです。ひょっとすると我が国で最もご自分の意見を抑えておられるのは、国のトップである総理大臣なのかもしれない、と思えてきました。

## 名刺交換

私が社会人になって初めて就職した会社は大きな上場企業であり、入社した最初の研修で教わったことは名刺交換の仕方でした。名刺の差し出し方、受け取り方、目線、お辞儀の角度など基本的なことを徹底的に覚えたように記憶しています。それ以来約十八年間のサラリーマン生活において、何千回、いや何万回名刺交換をしたかは定かではありませんが、初めてお会いした全ての方と名刺を交換するというのは常識になりました。ところがバーテンダーになってからはこの常識が一変したのです。

ちょうど十年前に縁もゆかりもない銀座でバーを始めた時、初めてご来店頂いたお客さまには全員に自分から率先して名刺を配って回っていました。初対面のお客さまなのだから、こちらからご挨拶をするのは当然です。そもそもこの考え方自体が間違っていたとは今でも思っておりません。問題は名刺の価値についてです。つまりその時の私は、自分のことを覚えてもらおうと必死になって名刺を配っていたのですが、受け取る側がその名刺を必要としているかどうかまでは一切考えたことがなかったのです。

そんなある日、店の外に私が配った名刺が捨てられているのを見て初めて気づかされました。私の名刺を持って帰りたくない方も世の中にはたくさんいらっしゃるのだな、ということを。特に飲食店の名刺は、例えば家人には残業で帰宅が遅くなると言いながら実はお酒を飲んでいて帰りが遅くなった場合などは、絶対に持って帰りたくはないでしょう。

それに気がついてからは、お客さまにご挨拶はしても決してこちらから名刺を差し出すことはしなくなりました。たとえ知人が自分の仲間と言って私にご紹介して下さっても、ご挨拶はさせて頂きつつも、やはり名刺は出しません。今では私が名刺を出す時は次の三つの時に限られます。

①相手が先に名刺を出した時
②相手に「名刺を下さい」と言われた時
③すっかり馴染みの深い関係になっており、そろそろこちらの名刺を渡しても悪い気はされないだろうと思った時

ちなみに現在私が名刺を交換したお客さまの当店へのリピート率は七割強、リピート率が一割にも満たなかった開業時を懐かしく思えるようになりました。この考え方は全業種に当てはまるとは決して思ってはいません。特にサラリーマンの世界は、私が十八年間当

然と思って名刺を交換し続けたように、やはり仕事上で初めてお会いした方とは、とりあえず名刺交換はすべきだと思います。そうしないと相手に失礼になりますから。

敢えてここで全業界・全業種に共通して言えることは、ご挨拶の一環で交換した名刺はその後の仕事に役立つことはあまり期待しない方が良い、ということです。今一度過去に挨拶を交わした方々の名刺がストックされたホルダーを開いて見てください。名刺は交換したものの一度も仕事をしたことがない、いえ名刺を交換した日からただの一度もお会いしていない、という人がどれほど多いかを思い知らされることでしょう。もちろん一%の可能性に賭けて名刺をばらまくという姿勢も否定はしませんが、本来であれば名刺は渡したい人に渡し、頂きたい人から頂くというのが本質のような気がします。

そう言えば以前、私の店のお客さまから異業種交流会というパーティーに出ないか、とお誘いを受けたことがありました。詳しくお話を伺ったところ、全くの異業種のトップの方が一堂に集結する会とのことでした。あまり興味はなかったのですが、せっかくの大切なお客さまからのお誘いなのでお付き合いで顔を出そうか、と思った矢先に「名刺を百枚持参して来て」と言われたので即座にお断りしてしまいました。それはまさに「知り合うため」だけの名刺交換会とでも言うのでしょうか。私的には自分の名刺を、たぶん欲しくもない百人に配り、それと引き換えに恐らく不要な名刺を百枚持って帰る会にしか思えなかったのです。それでも最近ではその類のイベントがかなり増えているのだそうです。いきなりどなたかの仲介で名刺を交換して、すぐにそこから仕事に結び付けることが出来る方がいらっしゃるとしたら、その才覚たるや羨ましい限りです。

名刺はたった五.五センチ×九センチの紙片にすぎません。その一枚は重くもなるし軽くもなります。大切にも扱われるし、捨てられもします。私がお客さまから頂いた名刺は、とても重くて大切な一枚です。頂いたご連絡先には、必ず季節が変わる折には絵葉書をお送りしております。

差し出した一枚の名刺が大切に扱われるか、はたまた軽く扱われるかは、受け取った相手の気持ち次第なのだと思います。

## 部下との接し方

今から何千年も前の古代遺跡に残されている楔《くさび》形文字を解読したところ「この頃の若者の言葉遣いが悪くて困る」という意味が記されていたそうです。それが真実かどうかはさておき、「最近の若い者は」というフレーズが昔からずっと受け継がれているたとえとしては十分に説得力があります。実際に私も二十代の頃は、どこで何をしてもその言葉ばかり浴びせられました。正直うんざりでした。そこで思ったのは「自分が歳をとったら絶対にこの言葉だけは若者に言わないようにしよう」ということです。

あれから三十年、恥ずかしながら我々世代も皆さま集まると口々に出てくるのが「最近の若い者は」というフレーズです。人類発祥以来ずっと引き継がれているという説はあながち間違ってないのかもしれません。そこでついつい同調してしまう自分がいるのも事実です。ただ私は必ず「そうなってしまったのは我々世代にも原因がある」という趣旨の言葉を付け加えるようにしています。例えば「ゆとり教育」についてですが、ある時期に大人たちが勝手に導入しておきながら、いざ当時の子供が成人したら「どうせ彼らはゆとり世代だから」と引いた目で見るのはいくら何でも彼らが可哀想すぎます。明らかにそうなってしまったのは大人世代に原因があるのですから。

そもそもこの「最近の若い者は」というフレーズは、自分の考え・行動と大幅に異なる時、もしくは自分とは明らかに常識が異なると感じた時に出ます。しかもそれは、上司がかなり年の離れた部下と接している時が最も多いようです。でもよくよく考えてみますと、世代が違うということは（先述したように）教育方針が異なります。教育方針が変われば自ずと価値観も違ってくるでしょう。価値観が違えばお互いの常識が異なってしまうのは仕方のないことです。たぶんそれは少しずつ少しずつズレていき、気づいた時には双方にかなりの差が出ていることに驚かされる、といった感じでしょうか。ではそのような価値観の違う、世代の異なる部下に対して、どのような指導をするのが適切なのでしょうか。

当店のお客さまの間でも、この類のやりとりは日常的です。でもそんな中にあって、上司と部下の双方が共に信頼し合い、積極的に意見を交換し合い、とても風通しの良いチームもあります。彼らはよく当店をミーティングの場として使って下さいます。それは上司から部下を誘うこともあれば、部下から上司にお願いして時間を頂くこともあるそうです。

カウンター越しに見える雰囲気としては、ほとんど上司が部下の話を聞いてあげています。トークの比重は上司：部下は二：八といったところでしょうか。ここで明らかに見て取れるのは、上司が部下と同じ目線に立つ努力をしている姿勢です。そこには「俺は上司だ」という上からの目線は微塵もありません。なるべく部下に話をさせて（ガスを抜かせて）一段落したら要所要所で一言入れる、まさに神対応です。

別のお客さまでこんなこともありました。若くしてかなりやり手の彼が、珍しく一人でご来店し上司の愚痴を言い始めました。事情はよく分かりませんが、その時に彼は私に「俺がこれだけ向こう（上司）に気を遣っているのだから、向こうも少しはこっちに気を遣って欲しい」と言いました。要するに先ほどの模範上司の話と同じで、上からじゃなくて同じ目線で接して欲しい、ということなのでしょう。

私はサラリーマン時代ずっと、上司は上から物を言うのが当たり前だと思っていましたし、部下は上司に対して絶対服従くらいに思っていましたので、こうして彼の悲痛な叫び声を聞いておりますと、時代は随分と変わったのだと思い知らされます。いつの時代も部下は上司に気を遣ってきたはずです。そこで上司はあぐらをかかずに、上司は上司なりに気を遣っている部下に気を遣う、というのが現代の理想的な部下との接し方なのでしょう。「俺の若い頃はこうだったから」というのは、今の時代ではナンセンスなのです。

経営者になって約十年経ちました。この十年間に何人ものスタッフと出会いました。入店して三日で音信不通になった人、二週間で泣きながら辞めた人、三ヶ月でお金を持ち逃げした人など、開業してから最初の三年間はスタッフが安定しませんでした。しかし四年目以降は今日まで、二十代の若者二名が七年間以上も私を支えてくれています。彼ら二人はそれまでのスタッフと比べて、忍耐強く、根性があり、何よりも強い目標を持っていることは確かです。しかし、最初の三年間と今とで最も違うのは、彼らではなく私のスタッフへの接し方です。以前の私は、彼らの悪いところを直そうとしていましたが、今では良いところを伸ばすことに重点を置いております。そのせいでしょうか、現在のスタッフのお酒の知識は、私のはるか手の届かない域に達してしまいました。今では私にお酒の内容を尋ねるお客さまは皆無です。

「最近の若い者」は、上司の接し方一つでいくらでも伸びるのです。

## 仕事と遊び

「よく遊ぶ人はよく仕事をする」「遊び上手な人は仕事が出来る」というような話は、少なくとも夜の銀座では通説となっています。それもそのはず、銀座で遊ぶにはお金が必要ですし、お金を稼ぐには仕事が出来なくてはならないのですから。では、遊び上手な人とはどのような人のことを言うのでしょうか。

まず、遊び上手な人に共通しているのが「遊ばせ上手」ということです。例えばプライベートの飲み会において、彼は周囲を楽しませる努力を惜しみません。彼は立場など関係なく、ご自分の周り全体が楽しくなることによって初めて満足します。彼は率先して皆さん一人一人にお酌をします。ところが彼がそうしても決して周りに気を遣っている風ではなく、それがとても自然体に見えます。だからと言って飲めない人に無理に飲ませるようなことはしません。もちろんご自分が悪酔いなんて絶対にしません。そして一人でも沈んでいる人を見つけたら、何とか明るくなってもらおうとジョークを飛ばしたりもします。当然彼の周りからは笑い声が絶えません。彼の周りに人が集まるのは火を見るよりも明らかです。このような「遊ばせ上手」な人が、仕事が出来ないはずがありません。昼間に仕事をしている時も、彼の周りには間違いなく人が集まって来ることでしょう。つまり彼の元には、向こうから仕事がやって来るのです。

次はちょっと遊びの種類を変えて、通称「オンナ遊び」についてです。誰でも一度は聞いたことがある「オンナ遊びは芸の肥やし」という言葉。草木が肥やしによって成長するように、芸人はオンナ遊びを肥やしにして芸を成長させる、という意味です。しかしこの言葉は遊郭があった江戸時代に流行った言葉であって、今の時代は女性蔑視ともとられ兼ねない表現なので、ここでは敢えて肉食系と草食系の項で用いた表現を引用し、恋愛に対して積極的な「肉食男子」と言い換えさせて頂きます。

私は肉食男子の全員が仕事が出来る、などとは決して思いません。けれどもかつて次のように、とても興味深いお話をされた方がいらっしゃいました。

「女性一人を口説けなくて、取引先を口説けると思いますか？　イイ女を見るとすぐに口説きに走る男はどうかとは思うけれど、その積極的なベクトルを仕事の方向に向けることが出来たなら、彼は最強の仕事人に化ける可能性がありますよ」

なるほど、仕事で最も必要なのは決断力と行動力というように、この話はビジネスの成功には積極性は欠かせない、ということを分かりやすく表現しています。一方で「女性を口説く方が、取引先を口説くより遥かに難しいのですが」という草食男子の声が聞こえてきそうではありますが。

そして最後は「遊びの達人」の話です。ここでもう一度夜の銀座の話に戻ります。夜の銀座の花形は何といっても高級クラブです。では高級クラブで女性にモテる男性とはいったいどのような男性なのかと言うと、それは「自分から口説かない男性」なのだそうです。そう言うと、先ほどの肉食男子の話はどうなるんだ、ということになりますが、ここで言う「自分から口説かない男性」というのは（決して消極的な訳ではなく）気に入った女性に好かれるように努力する男性のことです。極端に言いますと、女性に口説かせる男性のことです。これぞ究極の肉食男子と言えるのかもしれません。

では好きな女性に振り向いてもらうにはどうすれば良いか。それは自分を良く見せることに尽きます。ただし、自分を相手に売り込むことはそうそう容易なことではありません。相手が好感を持ってくれるように自分を演出し、相手がすんなりと受け入れてくれるように自分を宣伝します、というと言葉では簡単そうですが、いざ実践を試みたら、それがどれほど難しいかすぐにお分かりになることでしょう。私がサラリーマンの営業職に携わっていた頃は「いかに買って下さいと言わずに取引先に商品を買ってもらうか」を考えるように、と教わりました。当時はいくら考えても正解は見出せなかったのですが、今にして思えばその答えは「自分を売ること」だったような気がします。遊びの達人も仕事の達人も、ご自分を売ることに関してはプロ中のプロだったのです。

《ここで世の奥さま方へ一言》

あなた様のご主人は、日々遊びながらも仕事力を鍛えています。仕事と称して遊んでいたのも、決して嘘ではなかったのです。遊びも仕事の一環です。これは本当です。それでも「仕事が終わったら寄り道はしないで真っすぐに帰宅すべきだ」とおっしゃるのならそれも良いでしょう。しかし、そうであればご主人にはこれ以上の出世は期待しないで下さい。ご主人に今以上の出世・ご活躍を期待するのであれば、どうか今日からは彼の遊びに対してほんの少しだけ寛容になって頂けますよう何卒宜しくお願い申し上げます。

## 修業は必要か

少し前になりますが、大阪のお寿司屋さんが開業してほんの数ヶ月でミシュランの星を獲得したことが話題になりました。なぜ大々的に取り上げられたかと言いますと、そこの店主がお寿司の専門学校（三ヶ月制）を出てすぐにお店を出したからです。要するに、寿司業界は「飯炊き三年握り八年」と言われるくらい丁稚奉公が当たり前の世界にもかかわらず、彼は一切の下積みを経験することなく、しかもほんの数ヶ月で世界的な評価を得てしまった訳ですから「本当に修業は必要か、それとも不要か」が話題の中心になったのも頷けます。この件はテレビなどマスコミでも有識者らによって議論されましたし、現実に私の周辺でもかなり活発に意見が交わされました。

私は出来るだけ中立の立場をとったつもりなのですが、必要派と不要派の割合がほとんど半々の中にあって、どちらかと言えばご年配の方が必要派で、主に若者が不要派でした。もっと分かり易く言うなら、実際に下積みが長かった職人さんは必要派に回り、今まさに修業中の若手職人さん、もしくはこれからその道に入ろうとしている若者は不要派に回った、と言えるかもしれません。必要派の代表的な意見は、「味さえ良ければいいと言う訳ではない」「忍耐と辛抱ってことを覚えることが大事」「礼儀や接客の術は料理学校では習得出来ない」「仕入れの目利きは修業を積んでなんぼのモノ」など。一方、不要派の代表的な意見は、「お客さまが良くて自分も良ければそれが理想」「長い修業は無意味」「仕入れは信頼出来る業者に任せれば問題ない」というもの。

さて、私がなぜ中立の立場をとったのかと申しますと、修業は必要だと思いながらも、実は私自身はバーの修業歴がゼロだからです。さらに言うなら、両者ともに一長一短があり、両者ともに成功者と失敗者がいるのを知っているからです。

修業不要派の意見はごもっともです。一年間皿洗いしか出来ないなんて冗談じゃありません。人間、働ける期間なんて限られています。出来るだけ無駄を省いて、少しでも早く独り立ちしたいに決まっています。なおかつ、私が今でも修業ゼロで良かったと思える最大の長所は、頭を下げないといけない人が日本中のバー業界には一人もいないということです。これほどの優越感はありません。

では、そんな私がなぜ修業が必要と思えるのか。修業しないで高い評価をされた例のお寿司屋さんには行ったことがないので、そのお店のことは分かりませんが、本来でしたらミシュランの星を獲得するほどの高級店であるならば、味以外にも守るべき文化とか礼節があると思うのです。例えば私が今一番贔屓にしている日本料理店は、言うまでもなく味は絶品なのですが、まず最初に熟練された大将の存在感に目を見張ります。そして大将に仕えるスタッフさんの厳粛な動きに惚れ惚れします。夢を持った若者が働いている姿は何物にも変え難いほど輝いています。そうなると、当然ながら店内の雰囲気は高級感で満載です。私自身がずっと縦の関係を重んじる世界の中で育ってきたからでしょうか、彼らを見ているだけで気持ちが良いですし、こちらまで活気づいて最高の気分になります。

思うに、世の中で最も下積みが当たり前の世界は、サラリーマンの世界ではないでしょうか。入社してから数年間は平社員。それからようやく主任になり、さらにまた数年頑張って係長、課長、次長、そして部長。彼らの中には下積みをしないで成功しているお店を羨ましがる方がいらっしゃるのかもしれませんが、少なくとも長い修業を経てようやく独立した職人さんを哀れむ方はいらっしゃらないと思います。彼こそまさにサラリーマンのお手本なのですから。

ついでにミシュランについてですが、私が親しくお付き合いしているお寿司屋さんはミシュランの星をお断りしました。また過去にミシュランの星を獲得したお店が、その後経営不振に陥り閉店を余儀なくされた話も聞こえてきます。ミシュランはミシュランの評価でしかないのです。ネットの世界にも同じことが言えます。今ではユーザーからの投稿でネット上に飲食店のランキングを発表する仕組みが当たり前になっていますが、私はこのランキングというものが腑に落ちないため、全てのインターネット会社の宣伝広告をお断りしています。そのお客さまにはそのお客さまに似合ったお店があるはずです。たまたま入ったお店が気に入らなかったからといって、辛口の点数と批評を世間に公表するのはいかがなものでしょうか。私にはとうてい理解出来ません。お陰さまで「銀座のバー」でいくら検索しても当店は一切ネット上に出てくることはありませんが。

私が集客において最も大切にしていることは、実際にいらしたお客さまからご友人など別のお客さまをご紹介して頂くことです。さらにその方々のリピート率の向上です。俗に言う「口コミ」です。昔ながらの地道な一歩一歩の積み重ね、これこそ後世に伝承すべき文化なのだと思います。

## 公平と不公平

ある大型家電量販店に行きますと「当店は日本一安い価格で商品をお客さまにご提供しております」「他店で同一商品が一円でも安いお店がございましたら、どうぞ係員の方に遠慮なくお申し付けくださ い」といった館内放送が流れています。最初に私がこのアナウンスを聞いた時は、間違いなく過大宣伝だと思いました。

ところがその後、関係者の方々からお話を伺った結果、どうやらこれらはたぶん真実だろうということが分かったのです。つまり、このお店はどこのお店よりも安く商品を仕入れているということ。どこよりも安く仕入れることが出来るからどこよりも安い値段で売ることが出来る、とても単純な仕組みだったのです。

では、どのようにしたら商品をより安く仕入れることが出来るのか。

それは、メーカーからより多くの数の品物を仕入れることによって、仕入れ値をより安くさせる交渉をしていたのです。つまり「うちは他店よりこんなにも数多く仕入れているのだから、他店と同じ仕入れ値では不公平だ。他店より少しでも安くするのが当たり前ではないか」という考え方です。このように、同一商品の仕入れ値が販売店ごとによって異なることが、果たして公平な取引と言えるのか言えないのか、ましてやそのメーカーが一部上場企業だったとしたら、なおさら地域密着型である小さな販売店（個人商店）のことも考えてあげるべきではないか。皆さまはいかがお考えでしょうか。

私は今回の事例、つまり仕入れの数が多ければ多いほど仕入れ値が安くなる、という考え方はとても公平なことだと思います。どこよりも数多くの品物を仕入れようと思ったら、お店のスペースを大きくしなければなりませんし、日本中に数多くの店舗を展開する必要があります。そうすると今度はより多くのスタッフを雇わなければなりません。言うまでもなく各所に倉庫も必要になります。そうなると店舗の家賃やスタッフの人件費といった経費が膨れ上がります。もうお分かりでしょう、他店に勝つためにはより多くの努力とより大きなリスクが伴っているのです。

では町の電器屋さんが生き残るにはどうすれば良いのか。それは大型店には負けない（出来ない）何かを考えるしかありません。メーカーにクレームを入れている時間などは無意味なだけです。ちなみに今私が住んでいる町内の電器屋さんは、たとえ電球一個の注文でも、お客さまのお宅に配達して取り付けまでするそうです。電球に限らず、どんな些細なご要望でもお客さまから呼ばれたらご自宅まですっ飛んで行くとのことです。そうなると、たぶんそのお客さまはテレビを買い替える時もその電器屋さんに注文すると思います。そこには決して大型店には真似は出来ない個人店ならではの努力が感じ取れます。

このように、日常生活の中で時に感じる不公平感は、実はむしろそれが公平ではないかと思うことがしばしばあります。小学校の担任教師が特定の生徒をえこひいきする、なんていう話があります。実際に私も当時そう感じたことがありました。しかし今さら振り返って思うに、えこひいきされていた（と思っていた）児童は、宿題も忘れないしテストの点数も良い。一方で被害者意識の強かった私はと言うと、毎日遊び呆けていてテストの点数は最低点。先生が同じように接するはずはありません。同じように扱われたければもっと襟を正せ、ということです。不公平のようで実は公平だったのです。

ここで問題です。あるお客さまが一人でバーに行きました。店員さんは一人です。彼はビールを一杯だけ注文しました。他にお客さまが一名いらっしゃいました。その方は高級なシャンパン（三万円）を一本注文していました。この時、店員さんはシャンパンのお客さまにはかなり手厚く接客をし、彼の席には時々しか来てくれず、彼はとても淋しい思いをしました。結局彼はビールを一杯飲んだだけでカウンターに千円札を一枚置いて帰りました。さてこの店員さんの接客は公平でしょうか、それとも不公平でしょうか。

私の回答はもうお分かりだと思います。この店員さんの接客はとても公平です。これはビールの彼には申し訳ないのですが仕方がありません。もしもこの時にビール（千円）のお客さまとシャンパン（三万円）のお客さまをお二人とも同等に接客したとしたなら、シャンパンのお客さまにとっては大変不公平な話です。失礼と言っても過言ではありません。公平のようで不公平とはこのことです。私は休日に外に出掛ける時は、このように淋しい思いはしたくないので金銭的に少し余裕を持って出歩くようにしています。もしも経済的に余裕がない時には自宅で寛ぐか、ファミレスにでも出向くか（それでもどうしても先述のようなバーに行きたければ）店員さんにほったらかしにされるのを覚悟の上で行きます。

不公平のようで公平なこと、公平のようで不公平なこと、意外と身近にあるのではないでしょうか。

## 企業が必要とする人材

私が小学生の頃、学校でよく「あなたの夢は何ですか」「将来は何になりたいですか」といった作文を書かされました。その時に自分も含めて、大方の男子は「プロ野球選手になりたい」「巨人に入りたい」と書いていました。それもそのはず、当時は巨人軍が不滅の九連覇を成し遂げたまさに日本プロ野球全盛の時代です。テレビの野球中継の視聴率は二十％超が当たり前でしたし、野球の上手な児童は周囲から一目置かれていました。小学生がプロ野球選手になりたいという夢を抱くのも自然の流れだったのでしょう。

国内トップ選手が米国に流出してしまうのが当たり前になってしまった現在、日本プロ野球の人気は下降気味ではありますが、それでもイチロー選手の大活躍などの影響で、球児たちは「メジャーで最多勝を獲りたい」「メジャーで日本人初の本塁打王になりたい」といった世界一の選手になりたいという大きな夢の花は咲き続けています。

では、企業が欲しがる人材をプロ野球選手にたとえるならどのような選手なのでしょうか。それは最多勝投手でしょうか。それとも本塁打王でしょうか。そうでなければ首位打者か打点王でしょうか。いえ、それらのタイトルを獲得する選手よりももっと欲しい選手がいます。企業が最も必要とする選手、それは「全試合出場選手」です。

いくら速い球を投げられる投手でも、いくら本塁打を量産する打者でも、もしも怪我をしたり病気を患ってしまって試合を欠場したなら、その欠場した試合においての評価はゼロです。これがプロ野球の球団でしたら、すぐに代わりの選手を出場させることが出来るのでまだゼロで済みますが、一般の企業の場合は、要職の社員がドタキャンなどしようものならそう簡単に代役など立てられません。評価は場合によってはゼロどころかマイナスです。

企業の業績は、良い日もあれば悪い日もあり、良い月もあれば悪い月もあります。しかし良い年はあっても悪い年があってはいけないものです。年間の安定した業績を考えると、仕事の上でのチームは「あと一人いたらいいのに」くらいがちょうど良い人員数なのだそうです。そのような「あと一人いてくれたら」という状況下でさらに一人欠員が出たら、チームとしては時に成り立たなくなる可能性すらあります。よってプロ野球選手にたとえるなら、タイトルを獲得する選手には魅力を感じつつも、どんなことがあっても一年間休まない選手がより魅力的ということになります。企業が新卒の学生を採用する際に、運動部に入っていた学生を優先するというのは有名な話ですが、それは「礼儀正しくて我慢強いから」だけではなく「体力がある」ことも重要な理由なのだそうです。

そこで私の中で「休まずに出場し続けたプロ野球選手」といって真っ先に思い出すのが、元広島東洋カープの衣笠祥雄選手です。彼は二二一五試合連続出場という世界記録（当時）を樹立しました。二二一五試合というと実に十七年間になります。その間には、もちろん病気を患ったこともあるでしょう。怪我に悩まされたこともあるに違いありません。身内にご不幸があったこともあるのではないかと思います。それでも十七年もの間、一試合も休みませんでした。さらに特筆すべきは、彼はプロ野球人生で通算一六一個もの死球を受けています。「一イニング二死球」という日本記録すらあります。それでも休まなかったのです。昭和五四年八月の対巨人戦では、当時巨人軍のエースである西本投手から左肩甲骨に死球を受けて骨折しました。普通でしたら全治一ヶ月以上を要するであろう大怪我です。さすがにこの時は誰もが衣笠選手の連続試合出場記録が途切れることを信じて疑いませんでした。ところが彼はなんとその翌日の対巨人戦に代打で登場したのです。この打席の対戦相手はあの怪物・江川投手です。結局その打席は三球三振に終わりましたが、試合後に彼が残した「一球目はファンのために、二球目は自分のために、そして三球目は西本君のために振りました」というコメントは日本中に大きな感動と勇気を与えました。さらに印象的だったのは（一球も見送ることなく）三球とも右手一本で悲鳴を上げながら豪快にスイングしたのです。これぞ「昭和の名勝負」、まさに「鉄人・衣笠」でした。

実は彼は連続試合出場記録以外にも数々の記録を残しています。通算安打二五四三本（歴代五位）、通算本塁打五〇四本（歴代七位）、通算打点一四四八（歴代十一位）、通算得点一三七二（歴代六位）、これらの記録は彼の残した数々の記録のほんの一部です。ちなみに先述した通算一六一死球は歴代三位です。

このように心技体ともに球界の見本となった衣笠選手が、昭和六二年に現役を引退してから現在に至るまで全十二球団の監督どころかコーチにすら一度も就任していないというのは、私の中では日本プロ野球七不思議のうちの一つです。彼のイズムが引退後も後輩の選手に、そしてプロ野球界全体に浸透し引き継がれていたのなら、日本プロ野球も今とはまた違った魅力・迫力があったのではないかと思うと残念でなりません。

昭和の時代に日本の企業が元気で満ち溢れていたのも、衣笠選手のこのようなご活躍とは無関係ではなかったように思えます。

## 金言

　ある人の何気なく言ったほんの一言が、その後の人生に大きな影響を与えてくれることがあります。それはまさに金のように価値の高い言葉「金言」なのかもしれません。幸せなことに私の場合、あらゆる世代ごとに金言を受けてきました。

　小学校六年生の時の担任の先生は「今が大切」というのが口癖でした。当時同じ教室内の生徒の誰一人としてこの言葉の重みを感じていなかったように記憶しています。だからでしょうか、彼は「この言葉の意味はいずれ分かる時が来るから、今はただ忘れずに覚えておくように」ともおっしゃっていました。そしてその後、年齢を重ねるごとにその言葉の奥深さに気づき始めてきました。最近になって「若い頃には戻りたくても戻れない、せめて今日一日を大切に生きよう」と思えるのはまさにこの言葉があってこそのことです。
　大学四年生の時のアルバイト先で職場の先輩が私に言った「社会に出てからは時間とお金と言葉遣いには気をつけろ。これさえ気をつけていたら絶対に恥をかくことはないから」という一言は、未だに時に自分を律する際に役立っています。時間とは時間厳守の意味、お金とはお金の貸し借りは注意するようにということ、そして言葉遣いとは、話す相手によって言葉の遣い方を分けるように、ということでした。それから間もなくして学生生活に別れを告げて、晴れて社会に出るや否やこの三原則の全てが相手から信用されるために必要である、ということを思い知らされました。この金言は、先輩からのかけがえのない卒業プレゼントになりました。

社会人になると、まるで大学生が人間ではなかったかのように感じるほど、住む世界の違いに驚かされました。それもそのはず、TシャツとGパンで年中遊び呆けていたのが、ある日突然スーツにネクタイ姿で朝から晩まで仕事をするのですから。そんなスーツ姿がまだまだ全く似合わない私に、当時の上司が放った「腕時計とネクタイと靴はいつも他人に見られていると思いなさい」という言葉は、聞いた瞬間はとても抵抗を感じました。なぜなら二十代半ばの私はまだまだ安月給、正直なところ都会で一人暮らしをするだけで精いっぱいの状況下にありました。高価な腕時計やネクタイ、靴なんて買えるはずがありません。さすがに上司に言葉の真意を尋ねました。

「腕時計は今すぐにとは言わない。いつか会社から大きな仕事を任された時に、取引先に信用されるために、なめられないために、一つで良いから高価な腕時計を身に付けなさい。

ネクタイは同じネクタイを二日続けて締めないように。靴はブランドよりも清潔感の方が大事。三万円の靴を買う余裕があるなら一万円の靴を三足買いなさい」

これが彼の回答でした。靴はすぐに実行に移しました。言われた通りに安い靴を三足買い、毎朝出勤前に磨くのも習慣になりました。ネクタイはその上司から五本頂きました。お古と言いながら全てがブランド品でした。時計はいつか買おうと思いながら、そのまま忘れ去っていました。それから数年後、私が三一歳にして転職する際に、日頃よりとても懇意にして頂いていたお取引先の社長から、彼が毎日愛用していた腕時計を贈られました。カルティエ製の高級な腕時計でとても嬉しかったのですが、それ以上に自分がずっと身に付けていた玩具のような腕時計が余りにも恥ずかしかったことだけは今でも忘れられません。やはり見られていたのだと、あの時の上司の言葉を思い出したものです。

私の店のほとんどのお客さまから、必ず一度は「このお店は何年目なの?」と聞かれます。最近ではその都度「十年になります」と答えるのですが、みなさま「銀座で十年はすごいね」と言って下さいます。そんな中で、私がこの街で最も尊敬すべき方の一人に、三五年間お店をなさっておられるママがいらっしゃるのですが、彼女は私に「十年ということは、ようやくスタートラインに立てたってことね」とおっしゃいました。あらゆる時代の数多くの波風を潜り抜けて来られた、とても説得力のあるお言葉です。その金言のおかげで、十一年目を迎えた今日、また新たに初心に戻ることが出来ました。

偶然耳にする著名人の言葉も、時には金言と化してくれます。

「無理です、嫌です、出来ません、この三つは口に出すな」（井村雅代）
「勝ちに不思議な勝ちあり、負けに不思議な負けなし」（野村克也）
「自分はダメだ、と思ったその時から自分はダメになる」（モハメド・アリ）
「結局は細かいことを積み重ねることでしか頂上には行けない」（イチロー）
「商売は腕次第、やり方次第、熱意次第」（松下幸之助）
「結論が出たらすぐに実行するのみ」（田中角栄）
「努力する人は希望を語り、怠ける人は不満を語る」（井上靖）

五十歳を超えてしまうと、なかなか生きた金言を頂ける機会も少なくなります。いつか私も後輩たちに金言を贈れるような人間になりたいものです。

## 転職

今の職場を辞めたくなったらすぐにでも転職すべきか、それとも我慢して留まるべきか。私の周りには転職をされた人たちが数多くいらっしゃいます。また転職はしてなくても、転職を考えたことがある人まで数えたら、ほとんどのサラリーマンの方はそうではないかとさえ思えます。かく言う私もサラリーマン時代は二度も転職を経験しておりますので、この分野に関してはちょっとうるさいかもしれません。

転職には次の四つの理由が考えられます。

①待遇面（収入・評価）への不満
②人間関係の悩み
③現在の会社・職種の将来性への見切り
④他にやりたいことがある

まず①と②の人ですが、この二つはとても切実な悩みなのですが、果たして転職してその悩みを解決出来るのだろうか、ということを十分に考える必要があります。例えば待遇面ですが、もし仮に希望の会社に転職出来たとしても、ヘッドハンティングでもされない限りは新しい会社の同年代の方々よりは役職・収入ともに低い待遇のはずです。それはそうでしょう、少しばかりの年齢給は見込まれるにせよ、転職先では実績のない新入社員であることに変わりはないのですから。

次に人間関係についてですが、中途採用で入社した場合は上司が年下になる可能性がある、ということです。年下の上司に仕えるのはそれだけで大変なストレスです。反対に、年上の部下を持った年下の上司も大変なストレスです。双方ともに簡単には良好な人間関係が形成出来そうにありません。また、たとえ上司が年上であっても、周りの年下の人は全員が仕事上は先輩である、ということは肝に銘じておくべきです。

つまり、待遇の不満もしくは人間関係の改善のために転職しようと思っても、移った先でまた新たな同じ種類の悩みが待ち受けている可能性が高い、ということです。私でしたら①と②の方には転職はお勧めしづらいです。

一方、③の人は、いつまでもその会社に留まっていては本人にとっても会社にとっても良いことは何一つありません。このタイプで最も有害なのは、会社に留まりながら社内に不平不満を蔓延させることによって、そこで頑張っている同僚を自分の方に引っ張り込もうとする輩です。こういう人は一刻も早く転職すべきことをお勧めします。

④は今すぐにでも転職（独立・起業）すべきです。思い立ったが吉日、好機を逃さず善は急ぎましょう。

転職とは再び新入社員からやり直すことを意味しています。スタートからすでに、新卒で入社している同世代よりもかなりのハンディを背負わされます。ですから転職先の会社の中で出世をするのは（不可能ではないにせよ）至難の業と思った方が良いでしょう。逆に会社内の出世などあまり関心がなく「新たな技術を習得する」「新たな人間関係を築く」「最終的な目標のために今はここで頑張る」このような目的で転職された方々は、かなりの成功を収めているようにお見受けします。

これらの観点に立ってみますと、転職には「待遇が下がる覚悟」と「頭を下げる覚悟」が必要であり、あらかじめ「当分は社内の出世は見込めない」と気楽に思っているくらいがちょうど良いのではないでしょうか。

さて、話のついでに独立についてですが、「自分で会社（店）を経営しています」「起業しました」「社長をやってます」と聞くと「すごいな」と思う方がいらっしゃいますが、決してそうばかりではないと思います。組織の一員として実力を最大限に発揮出来る人もいれば、独立したがために破滅した人も数多くいます。雇用契約の内容によっては、社長よりたくさん稼ぐ社員もいます。ちなみに私のように個人で店を経営しているような者は、若い頃に組織に馴染めなかった者が圧倒的多数です。

転職して成功する人と失敗する人、独立して成功する人と失敗する人。
自分の将来をこの会社に託せるか、託せないか。
自分の性格は組織の一員になることによってより伸びるタイプか、それとも人に指図されるくらいなら全て自分一人でやりたいのか。

あらゆる場面で自分自身を客観的に正確に分析出来ている人こそが、その職場において自分の持てる力を存分に発揮出来ているように見えます。

# 生きたお金

いつの日からでしょうか、お金には生きたお金と死んだお金があることを知りました。誰が見ても無駄に使っている、少し使い過ぎではないかと思える、でも後々になってそれが何倍、何十倍にもなって手元に返ってくる、この時に使ったお金は生きたお金です。反対に単に無駄に使ってしまったお金、これは死んだお金です。同じ額のお金でも、一見同じような使い方をしたお金でも、その時の状況や使った相手によっては生きたお金にも死んだお金にもなるのです。

取引先との重要な商談の日。普段なら歩く距離のところを約束の時間が迫っていたため、部下と二人でタクシーに乗りました。目的地に到着、料金は七三〇円（一メーター）。あまりにも短距離で運転手さんに申し訳なかったので、千円札を一枚差し出して「お釣りは結構です」と言ってタクシーを降りました。この時にサービスしたお釣り二七〇円は死んだお金です。なぜならその運転手さんとは（偶然の場合を除き）二度と会うことはありません。彼が喜んでくれても、それはこの先全く自分には返ってこないのです。

ではその時にお釣り二七〇円を受け取り、商談に臨む直前に自動販売機で缶コーヒーを二本買って二人で飲んだとしたら、この時のお釣りは生きたお金です。なぜなら部下はその分気合が入りますから。部下が頑張ることは当然自分にとっても有益です。このように、同じお金でも使い方次第で生かすことも殺すことも出来るのです。ここで誤解のないように申し上げますが、タクシーの運転手さんにお釣りを置いていくことが悪いと言っているのではありません。後々の自分に何の役にも立たないと申し上げているだけです。

会社から接待交際費を削減された、という話を最近よく耳にします。景気の良くないこのご時世、仕方がないのかもしれません。しかし、接待交際費ほど使い方によって生死がはっきり分かれるお金もありません。

お得意先との接待に百万円使っても、それが一億円の売り上げになって返ってくればそれは生きたお金であり、なおかつ十分認められるべき接待交際費です。反対に接待交際費として（無駄をなくすために）たとえ三万円しか使っていなくても、取引が成立しなければそれは無駄金です。一度ならまだしも、それが続くようではさらに接待交際費を削減されてしまうのもやむを得ないところでしょう。

会社を辞めて新規事業を立ち上げる時、最も必要なのは開業（及び運営）資金です。この開業資金こそ、一歩間違えれば新会社の生死に関わるので十分に気をつけなければなりません。では何をどう気をつけなければならないか。

最も気をつけなければならないのは開業資金の調達方法です。

一番力強い開業資金は、自分で長年かけて苦労して貯えたお金です。このお金を開業資金にしたら、たとえ途中で経営が悪化する時期があっても何とか踏ん張るに違いありません。長年の自分の結晶をそう簡単に失う訳にはいかないので、これぞまさに生きたお金です。

銀行その他金融機関から借金をして作った開業資金。これも生きたお金です。毎月返済しなければならないのですから頑張るしかありません。死んでいる場合ではないのです。最も危険なのは、労せずに手にしたお金を開業資金にすることです。典型的なのは親からの援助、遺産、さらにはスポンサーからの資金提供などです。なぜならこれらのお金はなくなっても自分の腹が痛むことはないからです。実際私の身近に自己資金三百万円で小さなお店を開業した人と、親族からの資金援助二千万円で豪華なお店を開業した人がいましたが、三年後に残っていたのは前者のお店の方でした。

それからスポンサーからの資金提供についてですが、これはあるお金持ちの人が、腕利きで有能な人を見込んで開業資金を提供する代わりに、いざ開業したら売上げから配当を手にする、という投資型共同経営のことです。この場合の注意点は二つあります。

まず一つは「お金を出す人は口も出す」ということです。業績が良い時はスポンサーに褒められて、業績が落ちてくると叱責される、これでは本当の独立ではないと思うのですがいかがでしょうか。もう一つは、業績が悪化し配当が滞ったら、スポンサーはすぐに経営から手を引く可能性が高い、ということです。投資家は旨味がなくなればいつまでもそこに留まらないものです。そしてスポンサーが経営から退いた瞬間に莫大な負債を背負わされ、苦しんだ挙句に場合によっては閉鎖にまで追い込まれます。これではとても生きたお金どころではありません。

お金には生きたお金と死んだお金があります。苦労して手にしたお金が生きたお金で、労せずして手に入れたお金が死んだお金です。お金儲けの上手い人は、生きたお金をより大きく成長させることが出来る人なのです。

COLUMN

# 夜の銀座の専門用語

夜の銀座の顔と言えば、何と言っても高級クラブです。そしてこの世界には、昼間の世界では使うことのない特有の言葉が流通しています。

**【一見（いちげん）】** 初顔のお客。対義語は顧客。高級クラブは一見お断りが基本です。
**【売上げ】** 歩合制のこと。「売上げのお姉さん」とは本気で頑張っているホステスさんのことです。反対に時給（日給）のアルバイトさんを **【ヘルプ】** と称します。
**【係】** お客さまが（その女性を気に入って）指名して、彼の担当になったホステスさん。
**【永久指名制】** お客さまが一度A子さんを係に指名したら、その後どんなに気に入った女性が現れても、A子さんから別の女性に係を変更することが出来ないシステム。
**【ナンバーワン】** その店の中で最も売上げの高いホステスさんのこと。「人気ナンバーワン」と思っている人が多いが実は違います。指名の数より稼いでなんぼの世界です。
**【アフター】** クラブが閉店してから、ホステスさんと別のお店に移動して飲むこと。
**【車代】** アフター後に女性に渡すチップのこと。相場は一万円なのだそうです。

理解し難い語もあるかと思いますが、クラブ業界の用語ということでどうかお許しを。

CHAPTER03

# 男と女

# 男の浮気はなぜバレるのか

私の店では（時々ではありますが）浮気をしたのが奥さま（彼女）にバレて頭を抱えている殿方をお見受けすることがあります。そのようにお客さまが困り果てている時、気の利いた一言でもお掛けするのがバーテンダーの仕事なのでしょうけど、如何せん私には「そんなのは自業自得でしょ」の他に適当な言葉が見つかりません。

もちろん浮気はいけないことなのですが、しかしながら浮気をしようが彼は当店では大切なお客さまです。そんなお客さまのために何か自分に出来ることがないだろうか、と思った時にふっと浮かんだのが「なぜ男の浮気がバレるのか」原因を突き止めることでした。これを究明し彼らにお伝えすることが出来たのなら、浮気がバレなくなり、ひいては奥さま（恋人）との関係を円満に保つことが出来ると考えたのです。この原因を調べるに当たっては、いくら男性陣の意見を聞いても埒が明きません。よって当店の選りすぐりの女性のお客さまに幾度となく頭を下げて、忌憚のないご回答をこっそりとですが多数ご教示頂き、ここにまとめてみました。

男性陣は必読です。

☆休日出勤・地方出張の数が増えた。
※今まで休日は家でゴロゴロしていたのに、急に精力的に休日出勤したり、ましてや二泊三日の地方出張が入るなど、そんな嘘はバレバレです。日頃から休日と言えども活動的に過ごすように心掛けて下さい。
☆音楽の趣味が変わった。
※いつもは「やっぱり昭和の音楽は最高」なんて言っておきながら、いきなり車の中の音楽が洋楽に変わっていたら、当然疑われるに決まっています。車中の音楽はJ－WAVEをお勧めします。
☆帰宅したらすぐにお風呂（シャワー）に入る。
※今時こんな分かりやすい人が本当にいるのですかね。白状しているようなものです。もしそうしたければ、日頃から帰宅したら入浴する習慣を付けておくべきです。ただし酔っぱらって帰って風呂場で死なないように。
☆携帯電話・スマホを家の中でも肌身離さず持っている。
※これはよくありがちです。いつ何時もあなたの行動は家人に見られています。絶対に見られない場所、それは、トイレです。

☆ニオう。

※昔は香水の匂いを疑われたようですが、今や相手の女性もそこは気をつけています。最近最も家人が敏感に感じる匂い、それは柔軟剤の匂いだそうです。つまり男性が愛人宅のバスタオルを使って、身体についた柔軟剤の匂いをそのまま持って帰る。とても危険です。女性は匂いに大変敏感です。この打開策としては両方の家の柔軟剤を共通の物にするか、もしくは常にバスタオルを持参するか、このどちらかです。

☆お洒落になった。

※お洒落になるのは良いこと、ただし奥さまと歩く時もお洒落に気を使って下さい。ちなみに下着のお洒落は厳禁です。バレます。

☆残業・飲み会が増えた。

※昔ながらの最も一般的な言い訳です。この場合、いざという時に口裏を合わせるために協力者（同僚など）を最低一人は必要とします。すると今度は彼に弱みを握られることになります。足元をすくわれないようにお気をつけ下さい。

☆香水を振る男性は、浮気をする時はいつもより一振り多い。

※香水を振る数はいつも同じ数に決めておくこと。家人はしっかり数えています。

☆出掛ける理由・その日の内容を（聞いてもいないのに）事細かく話す。
※家人に疑われないように、あらかじめ一所懸命に（下手な）台本を作って、頭に叩き込んだ台詞を満を持して話すのでしょうけど。男って、馬鹿です。大根役者です。
☆とにかく何だか分からないけど、いつもと違って変なのよ。
※家人はとても敏感です。例えば「彼が浮気をして帰宅した時は、自宅の玄関の鍵を開ける音がいつもと違うから分かるの」という意見から「浮気をしに出掛ける時の彼の背中は踊っているの」という意見まで。家人は、耳を澄ませながら背後にも鋭い目線を送っているのです。

男性の浮気がバレる唯一最大の原因は「いつもと違う」からです。罪の意識がある以上いつも通りには振る舞えないのでしょう。ではなぜ女性の浮気はバレないのか。それは男性が女性を信じ切っているからなのだそうです。つくづく男性は馬鹿なのだと思いました。最後に、女性は彼氏（旦那さま）が浮気をして何が許せないのかを聞いてみました。その最も多数派の意見が「私以外の女性にお金を使うこと」でした。

男性の皆さま、少しは今後の身の振り方を考える上で参考になりましたでしょうか。

# 女女しい

広辞苑によると「女女しい」とは
①ふるまいなどが女のようである。
②柔弱である。いくじがない。未練がましい。
という意味に解説しています。つまり女女しいとは「女みたいな男」「男らしくない男」を形容する言葉のようです。ところが周囲を見渡す限り、①②ともに大多数の男性に共通しているように思えます。いえ、むしろ①②のような女性は、少なくとも私の周りにはほとんど存在しません。それは私の店のお客さまが証明してくれています。

まずここでご存じない方のために私の店について簡単にご説明させて頂きます。当店は『昭和歌謡BAR楽屋』と申します。名前からカラオケ喫茶を想像する方もいらっしゃるようですが、完全に正統派のバーです。特徴は昭和の名曲を店内にBGMとして営業時間中ずっと流し続けていること。お客さまのリクエストがあれば瞬時にその曲をお流し出来ること。当店が所有する楽曲の数は昭和時代の曲ばかり全部で三万曲以上を数えます。

コンセプトとしましては「好きな曲を聴きながら好きなお酒を飲む」という至ってシンプルなものです。

ではここで、当店のお客さまの、男女それぞれの異なる特徴について申し上げます。まず最も大きな違いは、男性は「過去によく好んで聴いた曲」をリクエストし、女性は「今ちょっと気になっている曲」をリクエストする、ということです。

男性の「過去」というのは、どうやらそれは十代の頃、いわゆる青春時代と思って間違いなさそうです。つまり学生時代によく聴いた曲を、この歳になってもう一度聴き返し、当時を懐かしみながらウィスキーのグラスを傾ける、という世界です。私はもちろんこの世界に共感出来ます。というよりも、十年前の創業時のコンセプトが正にここにありましたので、言ってしまえば「狙い通り」です。

一方女性の「今ちょっと気になっている曲」というのは、たぶんカラオケで歌いたい曲のことです。これはさすがに想定外でした。もっとも当店の女性客の年齢層は男性客の年齢層と比べてはるかにお若いため、昭和の曲などそうそう興味があるはずもありません。最近のブームとは言え、若い女性が昭和の曲をカラオケで歌うこと自体が私にとっては驚きなのです。

　では男性が青春時代に聴いた曲を今こうしてお酒を飲みながら聴き返す時、いったい何を想っているのでしょうか。パソコン用語にたとえて、このような表現を耳にしたことがある方もいらっしゃるかと思います。

「女性は過去の上に現在を保存し（上書き保存）、男性は現在に新たな名前を付けて、過去が大切に入っているファイルに保存する」

　そう、男性は過去に親しかった友人のことを想い返しているのです。それはあたかも保存ファイルから引っ張り出すかのように。おそらくこの世界は女性にはとても理解し難いはずです。なぜなら女性は、現在を大切にするために過去を消し去っているのですから。それは同じくパソコン用語で「ゴミ箱に捨てる」とも言います。

　もう一つ、当店のお客さまが示して下さる男女の特徴の違いについて申し上げます。

　当店には創業以来今日まで、仲睦まじいカップルのお客さまが多数組ご来店頂いております。そんな中で（悲しいかな）そのご関係が終焉してしまうカップルもまたいらっしゃいます。これまで定期的にご来店下さっていたお二人が、気がつくと何ヶ月もいらしていない場合などはその可能性が極めて高いと思われます。しかし、残念ではございますがそれはお二人の問題です。私は決して介入することは出来ません。今ここでお伝えしたいのは、その後ある日ひょっこりと、男性客がお一人でご来店されることが多々ある、という事実です。彼は、当時二人で一緒に聴いた曲を聴きながら、当時二人で一緒に飲んだお酒を飲むのです。今までに何十人もの同じ境遇の男性がいらっしゃいました。しかし、逆のケース、すなわち女性がお一人でいらして過去の男性を想いながら哀愁に浸る、という例は創業以来ただの一人もいらっしゃいません。


今一度ここで冒頭に記した「女女しい」の二つの意味を再確認してみて下さい。

そうです、これは女のような男などではなく、明らかに男そのものです。

男とは（女と違って）全員が女女しい生き物なのです。

天下の広辞苑といえども、第一版は昭和三五年のこと。当時の男女の気質の違いについては定かではありませんが、少なくとも現代のそれとはかけ離れているように思えます。この辺りで今一度辞典の中身を見直す時期が来ているのかもしれません。

世界は刻一刻と変化しています。

地球の気温も、そして、男女の気風も。

## 夫婦で飲むお酒

バーのお客さまで、カップルと言うと恋人同士（ちょっと怪しげな恋人同士も含む）が一般的ですが、私の店にはご夫婦のお客さまも数多くいらっしゃいます。

ご夫婦のお客さまはすぐにそれと分かります。

☆全くベタベタ&ラヴラヴしていない。
☆会話の語調は、常に女性（奥さま）が男性（ご主人）の上に立っている。
☆お子様の話をよくされる。
☆下ネタトークなどあり得ない。

もっとも、ご夫婦のお客さまの場合は（こちらが尋ねた訳でもないのに）ご自分たちが夫婦である旨のご挨拶をこちらにして下さることが多いのですが。

これが、ご主人のみが当店のご常連となると事は少々複雑になります。まず事前に「○月○日に家内を連れて来るから」と予告があります。次に当日ご入店の直前に「今から家内を連れて行きます」と確認の電話が入ります。そして満を持してご夫婦でのご来店です。ご常連のお客さまが奥さまをお連れしてご来店下さるというのは、これほどバーテンダー冥利に尽きることはございません。なぜなら当店に対してそれ以上の賛辞はないからです。そんなお客さまのご期待に添えるために私がすべき最低限の接客、それは余計なことを話さないことです。

実際にはどの皆さまも特に何もやましいことはないのですが、日常のご夫婦間のことは全く分かりません。こちらが「いつもお世話になっております」と言おうものなら「え、いつも来てるの？」と奥さまにあらぬ誤解をされないとも限りません。ただただお客さまに聞かれたことにお答えする、柔道で言うなら自分からは決して技を掛けずに、相手が技を仕掛けてきたら返し技で応える、という感じでしょうか。

と言いましても、実際にはこちらから無理にお話ししなければならない状況はまずありません。ご家族を養うために毎日外で働いているご主人と、日頃からご家庭を守っておられる奥さま。おそらくお二人だけで外でデートするのは独身時代以来、という方もいらっしゃるのではないでしょうか。今宵は貴重なお時間、とにかくこちらはお二人のお邪魔だけはしないように心掛けるのみです。

思うに、一般的に男性より女性の方が社交的です。男性は（私もそうですが）初めて入ったお店で、その日のうちに和気あいあいとお店のスタッフと打ち解ける、などということは滅多にありません。どこかに遠慮があったり警戒心があったりするものです。ところが女性は、ご入店頂いてからほんの数分で和やかなお顔つきになります。最初にこちらに話し掛けてこられるのはだいたいご主人ではなく奥さまの方です。外面は男性の方が強面ですが、内面は女性の方がよっぽど肝が据わっている、これは日本全国共通しているのではないでしょうか。

「何か私に似合うお酒を作って」

とてもよくあるご依頼ですが、ご夫婦のお客さまに限らず、私にとってこれほど難しいご注文はありません。なぜならお客さまのことを何も存じ上げないので、どんなお酒が似合うのかを判断する材料が全くないのです。本来このような時には、今召し上がってこられたお食事をお聞きして、それに見合ったお酒をお作りするのが定石なのでしょうけど、どうも私はお客さまにお食事の内容をお尋ねすることには抵抗を感じます。ですから私の場合はスッキリと少し辛めのカクテル、果物を使ったカクテルなどをお勧めすることにしています。ミルク系のデザート的カクテルなども良いかもしれません。ちなみに、ご常連のお客さまが「何か私に似合ったお酒を」という台詞を口にすることはまずありません。

「何か私たちにおすすめの曲を流して」

ご夫婦の、特に奥さまからのこんなご依頼にはちょっぴり自信があります。私がお二人に聴いて頂きたい一曲、それは『星の指輪』（浜田省吾・平成六年）です。歌詞は一言で言うなら「今日は子供を実家に預けて久しぶりのデート、日々仕事に追われているけどこれからもずっと君に恋し続けるから」という夫から妻への愛のメッセージ的な内容です。ぜひ世のご主人さまには奥さまにこの曲をプレゼントしてみることをお勧めします。お二人で一緒に聴いたその瞬間から、よりご夫婦円満になること間違いなしです。

奥さまの屈託のない笑顔、そして何よりもご主人の気を張っていないお姿。店内でこんなお二人に出会えた時こそ、バーテンダーになって良かったと思える瞬間なのです。

## 女は強し

男性と女性を比べてどちらが強いかと聞かれたら、私は迷わず女性の方が強いと答えます。それは（日本人の）平均寿命が男性が八十歳、女性が八七歳という数値からも女性の生命力の強さを伺い知ることが出来ますが、日々の些細なことに注意を払ってみても、あらゆる面でそう感じるのです。

私の店は地下一階です。店を出入りするには階段を上がったり下りたりしなければなりません。当然女性より男性の方が体格が大きいし体力もあります。それなのに「この階段しんどい」と言うのは大半が男性です。七十歳を超えると階段のしんどさを理由にお見えにならなくなるお客さままさえいらっしゃいます。一方女性は年齢を重ねれば重ねるほど、と言うくらいに皆さま益々お元気です。当店最高齢のお客さまは女性ですが、階段をスタスタ上り下りされます。

階段と言えば（明日の朝ご覧頂けたら良いと思いますが）駅の構内を見ても、エスカレーターに乗らずに敢えて徒歩で階段を上るのは女性の方が多いような気がします。駅を歩く男性は、ストレスが溜まっているのでしょうか、どなたも憂鬱そうです。それに比べて女性は皆さま元気です。恐らくダイエットや健康の目的で、敢えて階段を上る女性も多いものと思われます。

マラソン中継を思い出してみて下さい。ほとんどの男性選手はゴールをした瞬間に倒れ込むか、もしくはしゃがみ込んで息も絶え絶えしていますが、大半の女性選手は笑顔いっぱいにゴールをし、そのまま意気揚々と場内をウィニングランします。同じように全力を出し切ったつもりでも、女性は底力が残っているということなのでしょうか。それとも、女性の方が我慢強いのでしょうか。いずれにしても女性は強いです。

我慢強いと言えば『おしん』です。三十年以上も前になりますが、NHK朝の連続テレビ小説『おしん』をご存知の方も多いかと思います。平均視聴率五二・六％、最高視聴率六二・九％というテレビドラマ史上最高視聴率を誇った番組です。忍耐強い女性がヒロインなのですが、これがもし忍耐強い男性が主人公であったのなら、まずここまで流行ることはなかったはずです。視聴率とは視聴者が共感したら上がるもの。つまり何事にも耐えて我慢する「女性」に国民は共感したのです。同じ設定で男性だったとしたら、嘘っぽいドラマになっていたことでしょう。

女性は男性より我慢強いという話を、当店の女性のお客さまに話したことがありました。
「それはそうよ、女性は月に一回は男性にはない痛みに耐えているんだから」
「出産の痛みを男性が経験したら、男性はショック死するらしいわよ」
彼女たちの返答はこんな感じだったように記憶しています。本当に女性は強いです。

インフルエンザにかかるのは女性より男性が多いそうです。女性の方が免疫力が高く、女性の方が日頃から体調に気をつけておられる、という二つがその理由です。この事実は、心身ともに男性より女性の方が強いことを物語っています。

最も死亡事故が多いスポーツは、意外にもゴルフなのだとか。落雷による被害を想像しがちですが、死亡事故の大半はグリーン上での心臓麻痺だそうです。しかもそのほとんどが男性。パッティングの際にカップを狙いすましているまさにその時、心臓がバクバク鳴って逝ってしまう。日頃から肝が据わっている女性には信じられないことかもしれませんが、男性はとっても繊細なのです。

男性と女性が喧嘩をしても、いつも最後まで吠え続けるのは男性で、途中で黙るのは女性です。「弱い犬ほどよく吠える」と言いますが、きっと人間も同じで、男性は弱いからよく吠えるのでしょう。しかも、それを一番理解しているのが女性だったりします。女性は男性に対して対等のように見せかけて、実は常に上から見ています。女性が喧嘩をして途中で黙るのは、決して負けたからではなく、これ以上の面倒を嫌うからなのでしょう。それに気づかず勝ったと思い込んでいる男性は、可哀想なくらい弱いのです。

古代からもともとは女性の方が男性よりも強かったのかもしれませんが、最近では世界中で女性の最高責任者が誕生し、我が国でも女性が東京都知事に就任するなど、今や世界のリーダーシップは女性が執り始めています。明らかに誰が見ても男性より女性の方が強い時代に入りました。

私としては、いつか主夫が主婦にならないようにと祈るばかりです。

# あげまんとさげまん

平成二年の映画『あげまん』の大ヒット以来、「あげまん」という言葉は日常会話の中に浸透し続けています。あげまんとは【付き合った男性の運気を上げる女性】のこと。彼女と付き合った男性はどんな人でも全員が出世をするというのだから、男性陣としては是非ともお付き合いしたい女性でしょう。ちなみにそれに対峙する言葉として「さげまん」がありまず。言うまでもなく【付き合った男性の運気を下げる女性】のことです。男性はさげまんとだけは付き合わないように気をつけたいものです。

では実際にあげまんとさげまんは存在するかについてですが、私は明らかに両者は実在すると考えております。本来ならそれを歴史上の人物から例示出来れば良いのですが、なかなか「複数の男性」を成功（さげまんの場合は没落）に導いたとなると、証明しづらいのが現実です。よく旦那を出世させた妻として取り上げられるのが豊臣秀吉の正室・寧々ですが、複数の男性という要件には該当しないため、ここでは彼女をあげまんと認める訳にはいきません。

それではなぜ実在すると言えるのか。

まずはあげまんとさげまんの見分け方についてご説明しましょう。

このような運気を上げる人の見分け方の話になると、「明るい人」「ポジティブな人」「賢い人」など誰でも考えつくような表現が巷に溢れていますが、どれもが百パーセント的中するとは言えません。私の考えるあげまんとさげまんの正確な見分け方、それはその女性との会話の内容から判断出来ます。というのも、あげまんの女性は、ご自分があげまんであることをはっきり認識しているからです。

「私が今まで付き合った男性って、みんな偉くなるのよね」

過去に周囲の女性からこのような台詞を聞いたことはないでしょうか。彼女こそ紛れもなくあげまんなのです。あげまんはご自分があげまんであることを決して隠しません。むしろ自慢したいくらいでしょう。逆に注意を必要とするのはさげまんです。彼女はご自分がさげまんであることを微塵も認識していないからです。

「私って男運が悪いのよね」

こう言う女性は完全にさげまんです。

「あの子って、いつもダメ男を好きになるのよね」
友人にこう指摘される「あの子」、彼女も間違いなくさげまんです。これでもうお分かりだと思います。なぜあげまんとさげまんが実在すると言えるのか、それは彼女たちが日常の会話の中で証明及び証言してくれているのです。男性諸氏はあげまんとさげまんを識別したいのであれば、常々注意して女性の何気ない会話に耳を傾ける必要がある、ということです。

一方でこのような考え方も否定出来ません。それは「あげまんは出世する男を見極められる」ということです。つまり、あげまんは「付き合った男性がみんな偉くなる」というよりも「偉くなる男性としか付き合わない」ということです。他方さげまんはダメ男を出世する男と思い込んでしまうのか、もしくは、男を選ぶのに出世など関係ないと思っているのかもしれません。いずれにしても、あげまんは男性を見る目が長けており、さげまんは男性を見る目が劣っている、と言えそうです。

では男性は、是非ともあげまんと付き合うために、もしくは間違えてさげまんと付き合わないようにするために、今後どのような行動をすべきでしょうか。

それを考えるに当たって、まず第一にあげまんは身持ちが固いということを知っておくべきです。そう簡単には男性に気を許しません。ですから男性は軽はずみな行動は慎むべきです。行動が道から外れているうちは、実際目の前にあげまんがいても相手にされないでしょう。次にさげまんについてですが、彼女は俗に言う「お尻が軽い」可能性がありなます。なぜならすっかりダメ男と付き合う人生に慣れてしまっているのと、「次こそはいい男だろう」と次への期待が大きいからです。ご自分がさげまんであることを全く理解していないのがお分かりだと思います。ダメ男との人生から脱却するために少々焦っているとしても、決してそれは責められません。むしろ男性が軽率な行動を控えることこそ、さげまんと付き合わないための予防策なのです。

このように考えた結果、「毎日を礼儀正しく行動し、日々本業に邁進することによってあげまんの目に留まり、彼女と付き合うことによってプライベートも充実し、出世街道を歩むことが出来る」という結論に至りました。あげまんと付き合いたければ、常に品行方正であり皆の手本になるように行動せよ、ということです。

「なんだか、あげまんとお付き合いする魅力が薄れてきた」そう言う男性はさげまんに見初められる人です。

## 本命チョコと義理チョコ

私は基本的には甘い物は好んで食べないのですが、ことバレンタインデーだけは話は別です。なぜならこの日は一年間で唯一、女性が好きな男性にチョコレートを贈ることによって、積極的に愛を告白してくれる日なのです。チョコレートが嫌いだ、なんて言ってる場合ではありません。なるべく多くの方からチョコレートを頂きたいというのが純粋かつ単純な男心というものです。

ところが厄介なことに、いつの時代からなのか、チョコレートにも本命チョコと義理チョコの二種類が出回るようになりました。ご存知の通り、本命チョコとは「愛する気持ち」を相手に伝えるチョコレートのことであり、義理チョコとは「感謝の気持ち」を相手に伝えるチョコレートのことです。恐らく学生時代に頂いたのは全て本命チョコで、社会人になってから頂いたチョコレートは私の場合、大半が義理チョコだったと思われます。

しかしそう言えば過去にはどちらか判断し難かったチョコレートもありました。本命チョコを義理チョコと勘違いしては相手に申し訳ないし、義理チョコを本命チョコと間違えるようでは後々自分が大きな悲劇（喜劇）の主人公になりかねません。そこで、あげまん・

さげまんの前項に続き、ここではそのような間違いを起こさないように、本命チョコと義理チョコの見極め方について徹底的に検証させて頂きました。

まずチョコレートを頂いた日程から分かることがあります。それは「本命チョコは当日限定」ということです。女性はそのために二月十四日の予定を空けているのです。ということは、当日よりも前にチョコレートを頂いたのなら、それは義理チョコと思って間違いありません。感謝の気持ちを伝えるのに無理して二月十四日に合わせる必要はないのです。

さらに特筆すべきこととして、当日を過ぎてから頂いたチョコレートは、百パーセント義理チョコであるどころか、下手をすれば感謝の気持ちさえ入っていない可能性があります。つまりそれは渡すのを忘れていたか、もしくは余り物です。二月十五日以降にチョコレートをもらって喜んでいる男性の姿を見て、それを渡した女性はさぞかし腹の中で笑い転げていることでしょう。※ただし当日頂いたからといって、それが本命チョコだと思うのは早合点です。

次に渡し方についてですが、人前で渡されたチョコレートは確実に義理チョコです。

「本命は人目につかず、こっそりと渡したいのが女心というものよ」と私の店の女性のお客さまはおっしゃいました。ということは、宅配便で送られて来るチョコレートが義理チョコであるのは言うまでもない、ということです。

チョコレートの大きさからも識別出来ます。近年よく見かける一口サイズのチョコレートは明らかに義理チョコです。前出の女性客曰く「変に誤解されては面倒なので、あれこれ考えさせる前に食べ終わって欲しいサイズ」なのだそうです。本命チョコは想いがしっかり伝わるように食べごたえがあるサイズ。言われてみればごもっともです。一口サイズのチョコレートが流行りだと思っていたのは大いなる間違いでした。

チョコレートの値段も貴重な判断材料になります。義理チョコはコンビニでも気軽に買えるお手頃価格です。これが本命チョコになると、専門店でしか購入出来ないような（ちょっぴり）高価な品、もしくは手作りチョコになります。よく「値段ではない、要は気持ちがあるかないかが大切だ」なんて綺麗事を言いますが、実際には値段も気持ちのうちです。ただし義理チョコにも高級品が混ざっている場合があるので注意が必要です。

そして最後に言葉についてです。手渡される時に「いつもありがとうございます」的な感謝の言葉が添えられていれば、それは正真正銘の義理チョコです。「これは義理チョコです」と宣言しているようなものです。本当に好きな人には、恥ずかしくて直接愛情を伝えられないからこの日があるのだろう、私はそのように解釈しています。

さて、これらの要件を全て満たしている本命チョコは、次に示す通りです。

「二月十四日のバレンタインデー当日に、周りに誰もいないことを見計らって一人の美しい女性が私の前に現れた。彼女はしっかりとした大きさの、有名ブランドの高級チョコレートを大切そうに両手で抱えており、何やら私に言葉を添えてくれたように見えたのだが、それが恥ずかしさからなのか、正確に私の耳には届いてくれない……。彼女はチョコレートを私に手渡すと、顔をほんのりと赤らめたまま急ぐようにそこから立ち去ってしまった。私はそんな彼女を見て、とても愛しく感じたのだった」

本命チョコを手にする日は永遠にやって来ないでしょう。

## 異性のどこに目が行くか

かなり以前のことになりますが、「接客セミナー」的な講習を受けた時に「第一印象は会った直後の最初の七秒間で決まるが、その印象を変えるには七時間もかかる」という話を聞いたことがあります。要するに「初めてのお客さまがご来店下さった時は、最初の七秒間は笑顔いっぱいで接して下さい。万一こちらの第一印象が悪ければ、そのお客さまは二度とご来店しないでしょう」という意味です。

確かに第一印象はとても大切だと思います。なぜならご常連のお客さまと話していても「最初に会った日」について回想することがよくあるからです。そして、こんな話をしていると、最後は決まって「ところで初めて会った異性のどこに目が行くのか（どこが気になるか）」という話題になるのです。

色んなお客さまの話をまとめてみると、その男女の違いには驚くばかりでした。

男性は、初めて会った女性のどこに目が行きますか？

上位の回答は「顔」「胸」「脚」「お尻」でした。

女性は、初めて会った男性のどこに目が行きますか？
上位の回答は「目」「指」「腕」「声」でした。
最初に目が行くポイントは、男性と女性では明らかに異なることがお分かりでしょうか。
男性は、外観重視です。
「顔」が綺麗（可愛い）か、そうでないか。　※顔の好みは十人十色です
「胸」が大きいかそうでないか。　※基本的に大きい方が好きな人が多いようです
「脚」が細いかそうでないか。　※細ければ良いという訳ではなさそうです
「お尻」が大きいかそうでないか。　※健康的かどうかをお尻から判断しています
ところが女性は、内面重視なのです。
「目」が笑っているか笑っていないか。　※目を見たら優しさが分かるそうです
「指」が綺麗かそうでないか。　※清潔感を観察しています
「腕」が太いかそうでないか。　※包容力を観察しています
「声」が魅力的かそうでないか。　※声質で人となりが分かるらしいです
では異性から第一印象を良く見られるにはどうすれば良いのか。

女性は簡単です。なぜなら男性の目が行くポイントはすぐに修正出来るからです。

「顔」はお化粧&メイクでどうにでも出来ます。目を大きく見せるメイク、顔が痩せているように見せるメイクなど最近のメイク技術には、世の中の男性は全員驚いています。

「胸」はヌーブラを縦に使用すると大きく見せることが出来る、と聞いたことがあります。実際に見たことはないのですが、複数筋からの証言なのでかなり信用出来ます。

「脚」はハイヒールを履くとより細く見せることが出来ますし、本当にコンプレックスのある方は、脚が隠れる衣装を纏えばそれで解決です。

「お尻」を大きく見せるために、それ目的のユニークパンツ（韓国製）が売っています。今なら通販でも買えます。しかも安いです。


ところが男性は、すぐには女性の目を引くポイントを修正することは至難の業です。

「目」をどうすれば良いのですか。輝きを増す美容整形など聞いたことがありません。

「指」は太くも細くも出来ません。爪（指先）なら毎日きれいにしてますけど。

「腕」はすぐに太くはならないです。毎日腕立て伏せをしても成果は一年後でしょうか。

「声」を変えろと言われても。もうとっくに変声期は終わっておりますし……。

これでお分かり頂けたと思います。男性はまず最初にスタイルの良い美しい（可愛い）女性に惹かれ、女性はまず最初に男性の包容力、優しさ、そして清潔感を探る、ということを。エステサロン、美容サロン、スポーツクラブに多くの女性が通う理由がよく分かります。彼女たちは男性の目線の行き着く先を知っていたのです。年齢に関係なく、美意識の高い女性は素晴らしいと思います。

では男性はこの先どうすれば良いのでしょうか？　毎日鏡を見て笑顔をチェックし、指が少しでも長くなるように一日三回指先を引っ張り、腕を太くするために一日百回の腕立て伏せを日課にし、ボイストレーナーの教室に通って発声練習をする。どれも続けられそうにありませんが、メイクして顔を変えろと言われるよりはまだマシです。女性から男性に求める第一条件がビジュアルではなくて安心しました。

そう言えば私の店に「私は男性の顔はどうでもいいの」と言う女性のお客さまがいらっしゃいます。女性は内面重視とは言え、本当にそれって本心なのでしょうか。ではなぜジャニーズ事務所のタレントが大人気なのでしょうか。

やっぱり私には信じられません。

## 去りゆく理由

毎日BARカウンターに立っていて思うのですが、私が幸せだと思える瞬間、それはお客さまの笑顔に囲まれている時です。そして寂しく感じる時、それは顔馴染みのお客さまがある日を境に見えなくなった時です。お客さまと私たちは、出会いもあれば別れもあります。最初はどなたかのご紹介からご来店下さった方もいらっしゃれば、たまたま店の前を通ったついでに入口の扉を開けて下さった方もいらっしゃいます。そんな中にあって、人それぞれ「色んな理由」で店には来なくなってしまうことも当然あります。「去りゆく理由」、それは男性のお客さまと女性のお客さまによって明らかに内容が異なるのです。

男性のお客さまが店に来られなくなる時は、仕事に関わる理由が大半です。

定年で退職されたお客さまが別れのご挨拶にご来店下さった時、私は彼に対して「お疲れさまでした」というねぎらいの気持ち、そして「今までありがとうございました」という感謝の気持ち、さらに「もういらっしゃらないのだろうか」という寂しい気持ち、これらが入り混じって何とも複雑です。

転勤のご挨拶を頂いた時には「偉くなって戻って来て下さい」と真剣にお願いします。そして数年後、本当に昇格されて戻って来て下さった時には当然祝杯です。

転職または独立するために退職された方も必ず「しばし別れのご挨拶」にいらして下さいます。その後、次なる舞台で益々ご活躍をされる方は引き続き通って下さいます。それ以降お見えにならなくなってしまったお客さまは、きっと新たな世界で悪戦苦闘の毎日なのでしょう。彼がやがて再来店される日が待ち遠しくてなりません。

男性のお客さまとはこんな別れのご挨拶が一般的なのですが、これが女性のお顔馴染みのお客さまになると、わざわざ別れのご挨拶をするためにご来店下さる方は滅多にいらっしゃいません。彼女たちが当店から去るのは、プライベートな理由がほとんどです。カップルで仲良く通って下さっていたのに、その彼氏と別れてしまったから来なくなった、というのなら仕方がありません。これは少なからずあることです。ところが、彼女たちが当店からこっそりと去ってゆく最も多い理由、それは「彼氏が出来たから」なのです。本来でしたらお祝いしてあげたり、出来れば一度その彼氏を見てみたいとか、今度からはお二人で仲良く通ってくれたらいいのに、なんて思うのですが、ご本人の思惑は全く違います。

それは「リセット」です。

先に述べたように、男性は過去を（ファイルに名前を付けて）大切に保存するのに対し、女性は現在を過去のファイルに上書きする傾向があります。過去は過去、現在は現在、いつまでも過去を振り返っていては明るい未来を手にすることは出来ない、という固い決意を伺い知ることが出来ます。つまり彼女たちは、幸せになるために敢えて黙って私の店から去ってゆくのです。『献身』（秋庭豊とアローナイツ・昭和五二年）の歌詞にあるように、女って男で変わるのです（変わりたいのです）。

私は「お客さまが幸せになることこそがお店の幸せです」と言うのが口癖です。それはもちろん本心です。しかしこのような場合、すなわちお客さまの幸せとお店の幸せが相反する（お客さまの幸せ＝お店に来ない）場合、思いはちょっぴり複雑です。お客さまがいらっしゃらなくなるのは寂しい、けれども幸せになって頂きたい。

こんな時の思いは複雑ですが、やはり私はたとえお顔を見ることが出来なくなっても、お客さまの幸せを願い続けるバーテンダーであり続けたいと思います。

もしも彼氏と別れたら、彼女はまたひょっこりとお店に戻ってきてくれるのかもしれません。けれども、少なくともそれを願うバーテンダーにだけはなりたくないです。

こうしてお顔馴染みのお客さまが店を去ってゆくのは寂しい限りですが、しかしたとえいなくなっても、彼らは引き続き店の中ではいつも変わらず存在感を示してくれています。そう、残されたお客さまが彼らの思い出話で盛り上がってくれるのです。

「あいつどうしてるかな」「元気でやってるといいね」「彼女が結婚、想像出来ないよね」

そのうち、今度は残された彼らが店に新たなお客さまをお連れ下さいます。

「このお店は、三年前に定年で辞めた僕の上司の紹介なんだよね」

「ここは私の先輩に連れて来てもらったのが最初なんだけど、今彼女は二児の母なのよ」

たとえお顔馴染みのお客さまがお見えにならなくなっても、彼らの幸せぶりを知らせてくれるお仲間がご来店して下さる、そしてそんな彼らがさらに新たなお客さまをお連れして下さる、店にとってはこの上ない幸せなのです。

## 長生きする人

同じ時代に生まれ、同じような生活を送っているのに、寿命は人それぞれ大いに異なります。若くして大病を患ったり、事故に遭ったり、という突発的な事由を除いても、八十歳を超えてもお元気な方もいらっしゃれば、六十代でお亡くなりになる方もいらっしゃいます。その違いは何なのでしょうか。日本人の平均寿命は、男性が八十歳で女性が八七歳です。なぜ女性の方が七年も長生きをするのでしょうか？

医学的な根拠は私にはよく分かりませんが、少なくとも私の店の客席を見守りますと、長生きする人としない人の差、元気な人と元気のない人の違いがはっきりと見えてきます。

現代の医学では、九割以上のガンが早期発見及び早期治療により完治するとされています。それなのに、ご存知の通り日本人の死亡原因の第1位はガンです（中でも肺ガン・胃ガン・大腸ガンが最も多い）。これはどういうことかと言いますと、早期治療が出来なかった、すなわち早期発見に間に合わなかった、ということです。実際に当店のお客さまの中にも、発見が遅れたためだけの理由で命を落とされた方がいらっしゃいます。

彼はまだ五十代の現役バリバリの社長さんでした。タバコは一本も吸わず、お酒は嗜む程度、ゴルフやジム通いなどスポーツが大好き、さらには日頃から食生活には最善の注意を払っているという、まさに誰もが認める健康オタクの紳士でした。そんな彼が唯一怠ったこと、それは定期検診です。極度の病院嫌いだったのです。彼はいつの日からか腰痛に悩むようになり、マッサージや鍼治療などを施したものの一向に快方に向かわず、おかしいと思って病院で検査を受けた時にはすでに末期の大腸ガンでした。このように、早期発見が遅れる人には病院嫌いの人が多いです。ではどうすれば病院嫌いを克服出来るのか。それは病院に行きたくなれば良いのです。

当店にこんな男性客がいらっしゃいます。彼は自分が通う病院は美人女医さんか美人看護師さんのいる病院と決めています。そして体調に少しでも異変があると彼女たちに「会いに」行きます。病院が嫌いどころか好きでたまらないみたいです。一見いやらしいオヤジに感じるかもしれませんが、でも彼に限らず、一般的に男性は綺麗な女性を、女性はイケメンの男性を好きな訳ですから、病院嫌いの方にとってはこういった克服方法もありではないでしょうか。

そしてもう一つ。今度は私事ですが、私は年に一回は内視鏡検査を受けます。口とお尻からそれぞれに内視鏡を入れて、大腸及び胃にポリープを発見したらその場で切除する、という内容です。正直気持ちの良いものではなく、出来れば受けたくはないのですが、この検査には特典があります。それは「お金儲けが出来る」ということです。実は悪性良性にかかわらず、どんなポリープでも一つでも切除したらそれは「手術」になります。ですから「一回手術を受けたら見舞金○○万円を支給します」という保険にさえ加入していれば、たった一つのポリープ切除でそれを満額手にすることが出来るのです。

私はこの検査を受ける時は必ず「ポリープがありますように」と願います。そして運良く毎年この臨時ボーナスを手にしています。おかげでこうして儲かる上に、大腸ガンと胃ガンにだけはならないという自信まで頂けるのです。少しは病院嫌いを克服するヒントになったでしょうか。

次に女性が長生きする理由についてですが、同い年の男性と女性を比較した場合、それまでは同じくらいだったのに五十歳を超えたあたりから、明らかに男性より女性の方が元気になります（と言うよりも男性が元気ではなくなります）。そして六十代、七十代と高齢になるにつれてその差は顕著になるのです。

この原因は恐らくストレスなのだと思います。お酒を召し上がっている時の会話は、男性は仕事の話が九割を占めるのに対し、女性は恋愛、趣味、ペットの話など多岐にわたっています。現代の世の中は男女平等と言いながらも、こと仕事に関して言うなら、男性にとって職場は今なお戦場ということなのでしょう。

仕事人間になり過ぎて無意識のうちに命を縮めてしまっている人は注意が必要ですが、ではどういう人がそれに該当するのかと言いますと、それは「年末まで精いっぱい働いて、年末年始の休暇に寝込んでしまう」ような人です。これは、定年まで働き尽くして、ようやくゆっくり過ごせるはずの退職直後に倒れてしまう、という人の予備軍とも言えます。少なくとも客席からはそう感じます。このような人は意外と身近にも数多くいらっしゃるのではないでしょうか。

これを読んだのを契機に、読者の皆さまには病院嫌いを克服することと、ストレスをうまく解消することをお勧めします。

ストレスの解消法？

それは気に入った医者、気に入った看護師を見つけることです。

## 次に生まれ変わるなら

次に生まれ変わるなら男に生まれたいか、それとも女に生まれたいか。

このテーマの回答は老若男女を問わず、十人十色の意見があってとても面白いです。実際に私の耳に聞こえてきた声をまとめてみました。男女が同性をどう分析し、そして異性をどう観察しているのか、ご一読下さい。

【次も男に生まれたいという男性の意見】

☆バリバリ仕事をしたい。

（日本の社会は男女平等とは名ばかり、やっぱりまだまだ男社会だから）

☆女性は色々と面倒そうだから。

（化粧、生理、出産、女性同士の友人関係など）

☆男は見た目より中身で勝負出来るから。

（女性は美人とそうでない人の扱われ方に格差があり過ぎる）

☆もう一度、一からやり直したい。

(ようやく男の生き方が分かってきたから)

【次は女に生まれたいという男性の意見】

☆買い物を楽しみたい。
(メンズと違ってレディースは、洋服も靴も多種多様でしかも低価格なので)

☆女心を知りたいから。
(男であるうちは生涯女心を理解出来ない)

☆頑張って仕事をしなくても良い。楽しく長生きしたい。
(今の男社会が男にとって有利とばかりは言えない)

☆もし戦争が起こっても戦場に行かなくて良いから。
(この先、絶対に戦争が起きないとは言えない情勢になってきている)

【次も女に生まれたいという女性の意見】

☆オシャレ出来るから
(ヘアスタイル、ネイル、エステ、洋服、宝飾、バック、など多数)

☆仕事人間になりたくないから。やりたいことをやれるから。
(男の社会は仕事が全てのように思える)
☆母になりたいから。
(また母になりたい　今度こそ母になりたい)
☆楽しみながら長生きしたいから。
(男は生きるのがしんどそうで、しかも短命)

【次は男に生まれたいという女性の意見】
☆バリバリ仕事をして実力で勝負したいから。
(日本は今でも男社会だから女は仕事で勝負出来ない)
☆結婚とか出産を気にしなくて良いから。
(周囲からのプレッシャーはかなりきついものがある)
☆女は何かと面倒だから。
(化粧、生理、出産、人間関係など)
☆朝まで飲みたいから。

（女は飲んで朝帰りしようものなら、それだけで不良扱いされる）

いかがでしたでしょうか。総じて言えるのは「男は仕事・女は家庭」という昔ながらの風潮が大なり小なりそのまま残っているように感じます。終戦後に男女平等が唱えられて以来かなりの年月が経ちますが、実態はまだまだということなのでしょうか。

では私は、と言いますと、次回は女性になってみたいものです。なぜなら男の人生はいかがなものか、だいたいは把握出来ましたので。こうしてＢＡＲカウンターからお客さまを眺めていますと、明らかに女性の方が人生を楽しんでいますし、男性の方が仕事でストレスを抱えています。一般的に男性は心が優しく、しかも単純です。一方で女性は気持ちが強く、しかも男性と比べてかなり長生きします。さらに『ファーブル昆虫記』によりますと、カマキリは交尾の後にメスがオスを食べてしまうそうです。これがそのまま人間に当てはまるとは思いませんが、なぜか全く別の世界とも思えません。

もしも私が女性に生まれ変われたら、男性を手玉に取れるような気がします。

COLUMN

# 他の街にはない 銀座の魅力

銀座には他の街にはない「さすがは銀座」と感じる一面があります。

まずは食に関して日本の中心である、ということです。例えば日本中の海から捕れた最上級の海産物は毎朝銀座のお膝元でもある築地市場に集まります。最も高値で取引されるのだから致し方ありません。これが、銀座が日本一美味しく、日本一値段が高い理由です。

世界中から高級で希少なブランド品が集まるのもこの街ならではです。その一方で国産の家電製品などは国内随一の安価で大型量販店の店頭に並びます。外国人観光客が爆買いするのは、この二つの目的が双璧なのだそうです。

平日の夜十時から翌一時までの三時間は、いくら手を挙げても空車のタクシーは停まってくれません。お客の奪い合いを防ぐための、タクシー協会が決めた銀座特有のルールです。そんな日本一の繁華街も、週末の昼間になると、街の中心の通りが歩行者天国になり、打って変わって多くの笑顔で溢れる庶民的な街へと変身します。

平日の昼はオフィス街・夜は魅惑的な社交の場、週末の昼は観光地・夜は眠れる安息の街。「高と低」、「動と静」、「昼と夜」、両極端が交錯している街、それが銀座なのです。

CHAPTER04

# 酒場で盛り上がる話題

# 国民栄誉賞

国民栄誉賞に関する議論は、酒の席でひとたび始まったら白熱すること間違いないです。その中心となる争点は「なんでこの人が受賞したの？」とか「なんでこの人が受賞したのに、あの人が受賞しないの？」「次に受賞するのは誰？」といったものが主です。
ここで国民栄誉賞について簡単に解説します。

そもそも国民栄誉賞とは、昭和五二年に本塁打の世界記録を達成した読売巨人軍・王貞治選手を讃えるために創設した内閣総理大臣賞のことです。その目的は「広く国民に敬愛され、社会に明るい希望を与えることに顕著な業績があったものについて、その栄誉を讃えること」と規定されています。驚くことに、受賞の規定はこれだけなのです。あとは時の内閣総理大臣の鶴の一声で受賞が決まる、というのが現実です。つまり、そこには明確かつ厳格な受賞するための基準が設けられていない訳ですから、新たな受賞者が誕生するたびに幅広い国民の層から国民栄誉賞の存在意義について議論が活発化するのは、むしろ当然の成り行きと言えるのかもしれません。

例えば最近の国民栄誉賞で議論が活発に交わされたのは、平成二五年の「長嶋茂雄＆松井秀喜」ダブル受賞の時でした。ご記憶の方もいらっしゃるかと思いますが、日米通算二千本安打、五百本塁打、日本人初のワールドシリーズＭＶＰの松井選手の引退に伴って、彼に同賞を授与することになったのですが「なぜ長嶋さんには国民栄誉賞を授与しないのか」という声が長年に渡り上がっており、今回の松井選手授与に伴い「松井秀喜を育てた師匠・長嶋茂雄」として、長嶋さんにも授与が決まったのでした。

これに黙っていないのが数多くの長嶋ファンです。長嶋さんは松井選手を育てたどころか、日本プロ野球を創ってきた第一人者です。そもそも松井選手と並べられること自体が長嶋さんに失礼な話です。少なくとも長嶋ファンは全員そう思っているでしょう。「松井が悪い訳ではないけど、長嶋さんと一緒の扱いだったらむしろ松井は辞退すべきだ」「これは安倍総理の人気獲りの一環か」「メジャーリーガーに授与するなら、まず最初に野茂だろう」などなど、議論が始まったら留まることを知りません。

オリンピック選手の国民栄誉賞受賞の際も必ず物議を醸します。このたびリオデジャネイロ五輪でオリンピック四大会連続金メダルを獲得した女子レスリングの伊調馨選手が同賞を受賞しました。彼女の四連覇は紛れもなく偉業であり、彼女の受賞に異論を唱える声は決して聞こえてはきませんでした。が、当然ながら酒席では、伊調選手への称賛の声ばかりではないのです。「レスリングという地味な種目から（吉田沙保里選手に次いで）二人目の受賞者が出て、体操ニッポンと言われるお家芸から未だに誰も選出されていないのはおかしい」「体操の個人総合で五輪二連覇、世界選手権で六連覇を達成した内村航平こそ国民栄誉賞だろう」「四回転ジャンプの羽生結弦も受賞に相応しいよね。彼は金メダルだけじゃなくて、世界最高得点を十回も更新しているよ」「でも金メダルが一個というのはちょっと……」「そんなことを言ったら女子マラソンの高橋尚子はどうなるの」などなど。こうして議論は延々と続くのです。

この場をお借りして、私も一石を投じたい国民栄誉賞ネタがあります。それは過去に作曲家が四人も受賞しているのに（古賀政男・服部良一・吉田正・遠藤実）、作詞家が誰一人受賞していない、ということです。名曲とは良い詞と良い曲がかみ合って初めて誕生します。この不釣り合いを、音楽業界の方々はどう感じておられるのか。私は、約十年前に阿久悠さんの訃報を耳にした時こそ、作詞家初受賞の絶好機だったと思っております。

さて、この他にも当店で話題になった国民栄誉賞ネタを箇条書きします。
☆昭和の象徴は、女性が美空ひばりなら男性は石原裕次郎。彼が受賞していないのはなぜ。
☆イチローが二度も受賞を断ったが、そもそも該当者に受賞の意思を聞くこと自体がおかしいのではないか。☆なでしこジャパンは震災復興への後押しで授与されたっぽいが、それは本質から外れてはいないか。☆大鵬と千代の富士が受賞しているのだから、白鵬には即授与すべきだ。彼は日本人に帰化していないが、相撲は国技であり、国民栄誉賞には日本人のみという規定はないはず。☆（森光子、森繁久彌など）亡くなってから授与することが多いが、生前に授与する方が良いのではないか。

さらに当店で挙がった、いずれは授与されるべき現役の受賞候補者は以下の通りです。
・松任谷由実　・桑田佳祐　・野茂英雄　・イチロー　・大谷翔平　（など多数）
最後に、没後の年数に関わらずに受賞すべき偉人の名前は以下の通りです。
・沢村栄治　・双葉山　・織田信長　・湯川秀樹　・坂本龍馬　・本田宗一郎　・松下幸之助　・福沢諭吉　・夏目漱石　・手塚治虫　・吉田茂　・田中角栄　（など多数）

こうして国民栄誉賞ネタは、朝まで尽きることがないのです。

## 色の話

酒宴で、特に年頃の男女が参加しているお酒の席では、心理テスト的な話題が大いに場を盛り上げてくれます。実は私も、自分の店でこの手のネタを披露する場合があります。ちなみに私の一番の持ちネタは「色の話」です。ではさっそくこのネタから始めましょう。

ここに「赤」「白」「黄」「茶」「紫」と五種類の色があります。今あなたと一緒にいる異性の人を、この五色の中から一つだけイメージしてみて下さい。例えば女性なら「A君は色にたとえると黄色」男性なら「B子さんは色にたとえると赤かな」という具合です。なおこの色は、同じ色を複数の人に使用しても構いません。逆に、たとえ大勢の人が参加していても、無理して全部の色を使う必要はありません。ご理解頂けましたでしょうか。これはあくまでも対異性の方へのイメージです。正解はありませんので、どうぞ気楽にイメージしてみて下さい。

全員にイメージし終わりましたでしょうか。終わりましたね。それでは解説します。

これは「あなたが今イメージした異性の方をどう思っているのか」を表しています。

【赤】情熱の赤。恋人にしたいと思っています。

【白】憧れの白。理想のタイプです。

【黄】友情の黄。ずっと良き友達でいたいと思っています。

【茶】嫌悪の茶。表面上はうまく付き合っていますが、実は嫌いです。

【紫】セクシーな紫。出来れば一度でいいからエッチしたいと思っています。


いかがでしたでしょうか。当たっていますか？　かなり当たっていますよね。

実はこれはとても奥が深い心理テストなのです。なぜなら普通は赤、白、あるいは紫と言われたら嬉しいと思われがちですが、これらは嫌いな人にだけには言われたくない色でもあります。また、好きな人に茶と言われた時の無念さは、想像を絶するものがあります。つまりこの心理テストは、参加者の皆さまの一喜一憂するその反応こそが、相手をどう思っているのかを如実に表してくれるのです。

例えば、B君のことを「茶」と言ったA子さんは、B君のことを嫌いではなかったのかもしれませんが、そのA子さんを「赤」と言ったB君の、自分が言われた茶の意味を知った時の残念そうな表情を観察すると、どうやらA子さんへの「情熱の赤」の思いは間違ってなかったのだな、ということになるのです。また、過去には双方ともに赤と言って、その後本当にお付き合いが始まったカップルも一組ございます。信じられないかもしれませんが、これは実話です。ぜひ次の飲み会でお試し下さい。

次にご紹介するのは「腕時計の話」です。

これは特に酒席に異性がいようと同性ばかりでいようと、一切関係ない心理テストです。正解はございません。では始めます。

「あなたにとって腕時計とは○○○○○である」

この○○○○○に思いついた言葉を入れなさい。文章でも構いません。入れましたでしょうか？　入れましたね。それではご説明します。

腕時計とは、あなたにとって「恋人とはどんな存在なのか」を表すのだそうです。

それではここで、当店で実際に出た回答をお知らせします。

☆生活する上で絶対に必要　☆特には必要ない　☆なければないで平気　☆ない方が時間に縛られなくて良い　☆アクセサリー　☆仕事に役立つ　☆一つあれば良い　☆生活に困ったら売る　☆ないと欲しいしあるとウザい　☆道具

いかがでしょうか、この失礼極まりない回答の数々。これは当店のお客さまが持ち込んだネタで、私の回答は「ファッションの一部」でした。ぜひこれも近々友人同士のお酒の席でお試しあれ。

さて、最後に一つ出題します。

「あなたの好きな異性の条件を、なるべく瞬時に三つ挙げて下さい」

挙げましたでしょうか。挙げましたね。

「では次に、四つ目の条件を挙げて下さい」

挙げましたでしょうか。これで終わりです。これは、最後の四つ目の条件こそが、あなたが最も相手に求める条件なのだそうです。ちなみに私の場合は、最初の三つは、①美人②優しい　③料理が上手い　で、四つ目の条件は、④自立していること　でした。

いかがでしたでしょうか。紙とペンがあればいつでもどこでも楽しく盛り上がれるネタばかりです。ぜひお酒のお供にご活用下さい。なおこれらの心理テスト的ネタで特筆すべきこと、それは出題者が一番楽しいということです。ぜひ存分にお楽しみ下さいませ。

# しりとり

私の店のお客さまは過半数が男性客です。それも私と同世代以上、つまりは中年です。それはそうでしょう、昭和の歌謡曲を聴きながら昔を懐かしんでお酒を飲む人なんて、この世代に決まっています。でも、そのような中にあって、もちろん女性のお客さまも数多くいらっしゃいます。もともとはお知り合いの男性客に連れられてご来店下さった方がほとんどですが、(なぜだか分かりませんが)当店を気に入って下さって、その後はご友人とご一緒に、もしくはお一人でご来店頂くようになった、という方々です。

ところが、私はどうもお一人でいらした女性への接客が(嬉しいのですが)得意ではありません。男性客はたとえお一人でも放っておいて大丈夫です。なぜなら私が客であればそうですから。女性のお客さまでも、複数でのご来店であれば当人同士でお話しされますので、少々目を離してもまず問題ないでしょう。ところが、お一人の女性客に限っては、放っておいては可哀想という心理が働いてしまいます。とりわけ昭和の歌謡曲に何の興味もなさそうですし、私が構ってあげなければ、と思ってしまうのです。しかしながら私より一回り以上も若い世代の女性とは、なかなか話を合わせることは容易ではありません。ただでさえ女心が分からない私です。まさに追い詰められた鼠と言えるでしょう。そんな私の窮地を救ってくれるのが「しりとり」なのです。

ルールはとても簡単です。そうです、幼少期に習ったあのままです。まず「食べ物」「人物名」「お酒の名前」などテーマを決めます。あとはスタートするだけです。最後の文字に「ん」が付いた人の負けです。ただそれだけです。これがすっごく楽しいかどうかと言えば、決してそれほど楽しい訳ではありません。たぶん付き合わされているお客さまも同感だと思います。このしりとりの最大の長所、それは場持ちすることです。

注意を要することが二つあります。まず一つは男性には全くウケないということ。なぜなのかは分かりませんが、これは真実です。そしてもう一つ、それは知らない女性同士を参加させてはいけない、ということです。

こんなことがありました。店内には女性客が二人いらっしゃいました。他にお客さまはどなたもいらっしゃいません。しかもお二人は全く面識がありません。私がどちらかの方と話すと、もう一人の方を一人ぼっちにしてしまう、という構図です。当時お店を一人で営んでいた私はあれこれと苦悶した結果、「三人でしりとりをやろう」と提案しました。お二人からは返事はなかったように記憶していますが、ここは背に腹は代えられません。強行突破するのみです。「では行きます。し・り・と・りー」と私が言って「り」の文字を最初の女性に投げかけたその瞬間、彼女は言いました、「リボン」と。

しりとりは場を持たせるのには相当役に立ちますが、使い方を一つ間違えると何とも気まずい雰囲気になりますので、どうぞ使用法にはご注意下さい。

さて、場持ちと言えば、とっておきのネタがありますので特別にお教えしましょう。これは老若男女、人数、全て問わず、いつでもどこでも誰とでも楽しめます、と言いますか場が持ちます。必要な物は紙とペンのみです。それでは出題します。

「ロ（クチ）に二画だけ足して漢字を一文字作ってください。例えば『田』です」出題はこれだけです。制限時間は五分。十五個作れたら合格です。ちなみにどれも小学校の低学年で習った漢字ばかりです。ではスタートして下さい。

五分経過しました。制限時間いっぱいです。どうぞペンを置いてください。いかがでしたでしょうか、思った以上に難しかったのではないでしょうか。酒場では、時にはこんなちょっとした頭の体操も（ひまな時は）夢中になるものです。それでは正解を発表します。

田・由・甲・申・目・白・右・石・古・兄・占・只・叶・叱・加・四・囚・旦・召・台・号・史・司・可・旧・句

常用漢字だけでも（私が知る限り）二六文字もあります。

所詮は和やかなお酒の席です。難しい問題を出題しても悪酔いするだけです。ちょっとしたゲーム感覚で出題するのであれば、このように終わってみれば「あぁ、そうだよね」と頷くような身近なネタをお勧めします。

最後に、定番ではございますが「山手線ゲーム」的な出題も時には場持ちが良いです。

以下はそのほんの一例です。

☆四七都道府県を一人一つずつ答えて下さい。
☆アメリカ合衆国の五十の州を一人一つずつ答えて下さい。
☆レコード大賞の受賞者を一人一つずつ答えて下さい。
☆日本プロ野球名球会メンバーを一人一つずつ答えて下さい。

これらは、その場のメンバーの全員が興味を持ちそうなテーマであれば、盛り上がること必至です。用心するのは「知らない女性同士のしりとり」だけです。どうぞお気楽に。

## 占い

占いは酒席を和やかな雰囲気にしてくれます。かつて数人の友人と、タロット占いで有名なバーにお邪魔したことがあったのですが、仲間全員が占って頂き、その後で顔を突き合わせながら何を言われたのか各自が報告をし合う、この瞬間のお酒は味もペースも最高に盛り上がります。占い師の方もさすがはプロ、たとえ悪いカードが出てもさり気なく表現して下さり、良いカードが出た時にはそれをとても大きく膨らませて伝えて下さるので、こちらは明るい未来に向かって背中を押してくれたような意気揚々とした気分になります。

このような占いの専門店に行かなくとも、仲間内、言ってしまえば素人同士の酒席においても、五人いれば一人くらいは何らかの占いネタを持っているのではないでしょうか。中でも最もポピュラーなネタと言えば「血液型占い」です。これは運勢を占うというよりも、その人の性格を当てたり、双方の相性を占ったりするものですが、最近では日常的な会話の中でも「あなたB型でしょ?」と自然にやりとりされるほど浸透しています。こんな素人の私でさえ少しくらいは血液型で相手を判断出来ます。しかも意外と的中します。

例えば、完璧主義者でありながら、完璧でなくなった瞬間どうでも良くなるのがA型で、興味のあることには一生懸命だけど、興味のないことは基本的にスルーするのがB型、自分の意見は相手によって柔軟に変更し、気を使ってないように気を使うのが得意なのがO型で、こだわりが強すぎて他人に理解されないことがあるが、頼りにされると人一倍頑張るのがAB型。いかがですか？　何となく当たっていませんか。そう言えば昭和の歌謡曲の中にも血液型占いをテーマにした歌『演歌・血液ガッタガタ』（バラクーダ・昭和六十年）があります。推定で五十万枚も売れました。この数字は今でしたら年間第一位を争う程のセールス枚数ですから、昔から血液型占いに対して関心を寄せている人が多かった、と言えそうです。

血液型占いの次によく目の当たりにするのが「手相占い」です。これは手のひらに現れる線を見ながら、その人の性格、才能・資質、健康状態、そして運勢の良否を占うというものですが、これには注意事項があります。それは、私のように中年の男性がむやみやたらに女性の手相を見ない方が良い、ということです。手相を見るには相手の手のひらに触れない訳にはいきません。今はただでさえセクハラとかモラルとかに厳しい時代です。もちろん双方がよほど親しい間柄なら問題はないのですが、そうでなければ（例えば今日初めて知り合った場合など）良かれと思って気軽に彼女の手相を見ることは、変人扱いされる危険性があります。しかもその占いが当たらなければ、間違いなくそうなります。ですからたとえ手相占いが得意の男性でも、女性を占う時は自分から率先して見るのではなく、彼女から頼まれてから見ることをお勧めします。

これらの他に酒場でよく見かける占いには「人相占い」があります。もちろん専門的な人相占いというのは存在するのですが、ここで言う人相占いとはちゃんとした占いではなく、日常的な会話として皆さまが無意識に相手を判断している占いのことです。「あいつ目つき悪いよな」「いつも優しそうですね」「あなた怒ったら怖いでしょ」などがそれです。実際に私も毎日様々なお客さまと接しておりますが、だいたいお顔からそのお人柄を予想出来ます。人それぞれが各々の経験則から相手の性格や気性を予想するのが人相占いだとしましたら、数ある占いの中でも、これが最も的中率が高いのではないでしょうか。

「姓名判断」も占いの一種と言って良いでしょう。これは姓名及びその画数によって、その人の運勢全てを占うというものです。私は姓名判断の話になるといつもソニーの創設者である盛田昭夫氏の話をします。私の名前は盛本昭夫、彼とは3文字は全く一緒で唯一違う「田」と「本」も画数は同じ、つまり私の姓名判断は申し分なく「吉」なのです。しかしながら現実はと言うと、盛田氏は日本経済史に名を残す偉大なる人物、かたや私は凡人。なんとか残りの人生を頑張って、彼にほんの少しでも近づいて、ぜひ姓名判断が多少なりとも的中することを証明したいものです。

さて、私が個人的に全く信用していないのが「四柱推命」です。これは生まれた年、月、日、時間という四つの干支を柱（四柱）として占うものですが、なぜ私が全く信用していないのかと言いますと、実は私は双子だからです。つまり私と全く同じ四柱の人間が世の中にもう一人存在しているのです。そして二人は全く似ても似つかぬ人生を歩んでいるのです。これをどう説明するのか、四柱推命学の先生に伺ってみたいものです。

占いは「当たるも八卦当たらぬも八卦」と言います。悪いことは気にせずに、良いことだけを信じましょう。占いとは、文字通り「ウラがない」お遊びなのです。

## 最初に買ったレコード

私の店は営業時間中ずっと懐かしい歌謡曲を流しています。そんな中、お客さま同士の会話で「最初に自分のお小遣いで買ったレコードは何？」と尋ね合うシーンによく出会います。そして、その答えによってお客さまのだいたいの年齢を予測出来ます。それはどういうことかと言いますと、一般的に自分のお金で最初にレコードを買う年齢は、小学校の高学年から中学校を卒業するまでの五、六年間くらいに絞って間違いありません。ですから例えば、最初に買ったレコードが『私鉄沿線』（野口五郎）であれば、昭和五十年発売なので、こちらのお客さまは昭和三五年から四十年にかけてのお生まれ、つまり今は五十歳から五五歳の間くらいかな、となる訳です。

続いて、話は「最初に行ったコンサートは誰？」、さらには「最初に間近で見た芸能人は？」と盛り上がっていきます。

実はお客さまから私も同様の質問をされることがあるのですが、なるべく自分の話は控えながら脇役に徹してきました。今日はこれらの質問に対して、一つ一つ当時の思い出に浸りながらお話しさせて頂きます。

私がお客さまに「最初に買ったレコードは何？」と聞かれたら、今までは「沢田研二のベストアルバムです」と答えてきましたが、これは嘘です。と言いますか、このアルバムは兄弟でお金を出し合って買ったので、正式には自分一人のお小遣いで買った訳ではありません。

私が最初に自費で買ったレコードは、中島みゆきの『生きていてもいいですか』（昭和五五年）というアルバムです。こう言うと、暗い青春時代と思われそうなので敢えて答えるのを控えてきましたが、実際には中身を全く知らずに買ってしまった、というのが真実です。当時中学生の私は、学校の授業が終わると暗くなるまで部活動に励み、帰宅後は夕食を済ませるとすぐに就寝し、深夜に起きて翌朝まで勉強する、といった生活のリズムでした。そんな深夜の勉強時間をサポートしてくれたのがラジオでした。

平日は深夜一時から三時まで『オールナイトニッポン』という番組を聴いていたのですが、どちらかと言うと勉強よりもその番組を聴くために頑張って机に向かっていた、と言う方が正解だったのかもしれません。同番組は曜日によってラジオパーソナリティが替わるのですが、中でも私が最も好きだったのが、二時間ずっと笑い声が絶えない中島みゆきさんでした。そしてすっかり彼女のファンになった私は、彼女の歌声を求めてレコード店へと向かったのです。
そこで人生初めて自費で購入したのが同アルバムでした。急いで帰宅してすぐに聴いてみたのですが、ラジオの世界の彼女と歌の世界の彼女の、余りのギャップの凄さに固まってしまったのを覚えています。これが十四歳の少年が『生きていてもいいですか』を買ってしまった真相です。

次に「初めて行ったコンサート」ですが、忘れもしません。ピンキーとキラーズです。これは父親の勤める会社の毎年恒例の家族慰安イベントで、地元の市民会館を借り切って企画されたコンサートでした。たぶん六、七歳だったと思います。その翌年は由紀さおりコンサートも観に行きました。物心がついてからは、たぶん高校生になってから色んなコンサートに行きだしたのが最初だったはずです。チャゲ&飛鳥、海援隊、中島みゆき、松山千春などは圧巻のステージでした。特にサザンオールスターズと長渕剛がナゴヤ球場でジョイントコンサートを開催したのは（今となっては考えられない組み合わせなだけに）とても良い思い出です。私は長渕剛のファンだったのですが、場内の七割がサザンオールスターズのファンだったような気がします。あれから四十年近く経ちますが、未だに第一線を走り続ける彼らは、まさに昭和の誇りです。

さて、最後に「最初に間近で見た芸能人」ですが、これこそ忘れもしません、河合奈保子さんです。やはり高校生の時ですが、友人に誘われて行った彼女のコンサートで、終演後に新曲のレコードを買うと彼女と握手が出来ると知って、それならばと握手をするためにレコードを買いました。曲目は『けんかをやめて』(昭和五七年)、アルバムしか買わない主義の私が買った、最初で最後のシングルレコードです。

握手はほんの一、二秒だったと思います。私が右手を出したら彼女は両手で応えて下さいました。私にだけかな、と思って他の人を見たら、他の人にも全員に両手で応えておりました。ちょっとだけがっかりしました。でもその日以来、私は積極的に彼女のファンになりました。レコード店に行って、彼女のアルバムを全部買いました。決して河合奈保子ファンはみんながみんな、巨乳が好きな訳ではないのです。

青春時代に夢中になった音楽や芸能人の話は、お酒の席をとても明るく、そして楽しくしてくれます。それは時に私たちを昔にタイムスリップさえしてくれます。私はこの話題がとても好きです。自分の話をすることも、仲間の話を聞くことも。

# 初恋

「初恋はいつだった？」これは私の店で時々聞こえてくる会話です。
初恋とは「その人にとって最初の恋」のことですが、問題は「その人にとって」というのが大いに個人差があることです。幼稚園の頃という人もいれば小学生の時という人もいます。あるいは中学生という人もいれば、まれに高校生の時という人さえいます。おそらく初恋の定義が、人それぞれで全く統一感がないのでしょう。ここでは、なるべく万人に共通する初恋の定義について考えてみたいと思います。

昭和の歌謡曲で初恋をテーマにした歌と言えば、『初恋』（村下孝蔵・昭和五八年）です。多くの人に支持されたこの歌の主人公の初恋は、いったい何歳頃だったのだろうかと歌詞を検証してみたところ、注目すべきフレーズが二つありました。
①「放課後の校庭を　走る君がいた　遠くで僕はいつでも君を探してた」
学校です。しかも初恋相手の彼女は運動部に所属していて、毎日グラウンドを走っています。主人公の彼はというと、毎日どこかからそんな彼女を見ている男子生徒です。

ここで考えるべきことは、いつも彼女を見つめている彼が、何らかの部活に所属しているかどうか、ということです。なぜなら、この歌が作られた当時の小学生（及び高校生）は部活動は必須ではなかったけれど、中学生は必須だったからです。ちなみに小学生は高学年から部活動が解禁で、低学年は所属さえ出来なかった時代でした。もし（例えば）野球部に所属して毎日球拾いをしながらでも彼女を見つめていたのなら、彼は中学生の可能性が高いことになります。しかし、いくら球拾いと言えども、そうそう毎日彼女を見つめてばかりはいられないでしょう。やはりここは、主人公の彼は部活にも入らず、毎日ただこっそり教室の窓か校庭の木々の陰から彼女を見つめていた、と考えるのが妥当でしょう。従って彼は、この段階では小学生の高学年もしくは高校生ということになります。

②「好きだよと言えずに　初恋は」

「好き」と言えない年の頃です。高校生で言えない人がいても不思議はないのですが、「好き」と言えずに毎日木陰から特定の女子生徒を見つめ続ける男子高校生はちょっと不気味です。

以上、①と②から、私はこの歌の初恋時期は小学五、六年生と推測してみました。

さて、この歌が多くの人に支持されて大ヒットしたのは紛れもない事実です。

しかし本当に初恋時期が小学生の高学年というのが多数派なのでしょうか。少なくとも私の周りの多数派は、初恋は幼稚園から小学校一、二年生のようです。おそらくそれは「その時はそれが恋心だと気づかず、でも今振り返ると生まれて初めて異性を意識する自分がそこにいた」という感覚なのでしょう。例えば幼稚園の先生であったり、教室の隣の机に座っている子であったり、ほんの些細な相手こそ初恋の相手に相応しいと言えるのではないでしょうか。先の歌詞のような、好きという気持ちで毎日彼女を見つめ続けている彼は、とっくに恋心に目覚めており、今さら初恋どころではない、というのが大方の率直な感想です。

では、これに私個人の初恋の定義を一つだけ追加したいと思います。

それは、今でも初恋の相手（彼もしくは彼女）のフルネームを覚えているかどうか、ということです。これは本気度チェックみたいなものです。年齢に関係なく、恋心に浮ついた気持ちは禁物です。ましてそれが幼少期の初恋相手なら尚更です。ですから「当時は好きという思いがあったのだけど、どうしてもその人の名前を思い出せない」と言うのは、私的には本当の恋心とは認めたくないところです。ちなみに私は二年間保育園に通っておりましたが、一年目と二年目に好きになった女の子のフルネームをそれぞれ今でも覚えています。もちろんその一年目の女の子が、私の初恋の相手ということになります。

【初恋とは、自分の幼少期を振り返ってみて「あれがそうかな」と思える恋心であり、なおかつその相手は、今でもフルネームを覚えている相手に限る】

これが私の導き出した初恋及び初恋相手の定義です。

ぜひお酒の席で初恋談義に花を咲かせてみて下さい。これからどんなに歳を重ねても、初恋の体験が変わることはありません。いつまでも淡い思い出を大切にしたいものです。

ここで注意事項ですが、お酒の席でこの初恋話が盛り上がり、お酒の量もグッと増えてくると、次にしがちな話題が「じゃあ初体験はいつ？」というものです。初恋の話は皆さん共通して楽しめますが、初体験の話となるとそうは行きません。なぜそこまであなたに話さないといけないの、と不快な思いをされる方々も多いはずです。盛り上がるのは大いに結構ですが、たとえお酔いになられていても、どうぞ周囲の空気の変化には十分にお気をつけ下さいませ。もっとも、その話題でさらに盛り上がれる相手というのは、あなたにとって大親友なのでしょうけど。

## 同一誕生日の著名人

世の中便利になったものです。インターネットが発明されて以来、辞典を手にする機会がめっきり減りました。調べ物はほとんどこのネットで出来るからです。さらに近年ではスマートフォンが登場しました。これは携帯用パソコンみたいなもので、今度は机に座らずにどこでもネットを開くことが可能になりました。そこで今回は、酒場で盛り上がるというよりも、たった一人で飲んでいてもスマホ（ネット）があれば全く退屈しない方法をここにご紹介したいと思います。

まず始めに私が皆さまに最初にお勧めする退屈しのぎは、「同一誕生日の著名人」を検索することです。例えば私の誕生日は七月十一日、この日に生まれた世界の著名人を検索してみます。

☆徳川光圀（水戸黄門）　☆ジョン・クインシー・アダムズ（第六代大統領）　☆マイク・シャープ（プロレスラー・シャープ兄弟の一人）　☆ザ・デストロイヤー（プロレスラー）

☆ジョルジオ・アルマーニ（ファッションデザイナー）　☆木の実ナナ（女優）　☆フラン

ク・ミュラー（時計師）☆三輪田勝利（プロ野球スカウト）☆レオン・スピンクス（プロボクシング・世界ヘビー級王者）☆古謝美佐子（ボーカリスト）☆藤井フミヤ（歌手・元チェッカーズ）☆アーネスト・ホースト（格闘家・K－1絶対王者）☆近藤サト（アナウンサー）☆葉月里緒奈（女優）☆鈴江奈々（アナウンサー）☆飯島茜（女子プロゴルファー）☆山口俊（プロ野球・読売ジャイアンツ投手）など。

実はここに挙げた方々は、私が知っている中でもほんの一握りの著名人のみで、勉強不足の私が存じ上げない著名人まで含めると、何とこの約十倍の数に上ります。

こうして同一誕生日の著名人の名前を眺めていますと、皆さまについつい親しみを感じてしまいます。スピンクスはモハメド・アリに勝った王者ですし、ホーストはK－1で四度世界王者に輝いています。ちなみに彼は生年月日も同じです。デストロイヤーとシャープ兄弟が同じというのは、対戦経験のある二人は気づいていたのでしょうか。アルマーニのスーツは、男性なら誰しも一度は袖を通してみたい憧れです。フランク・ミュラーの腕時計は私が最も好きなブランドです。三輪田勝利氏（故人）はイチローを発掘したオリックスの名スカウトでした。沖縄県出身の古謝美佐子は神の声の持ち主です。藤井フミヤはもはや説明不要でしょう。飯島茜は女子ゴルフ界きっての美人プレイヤー。そして何と言っても最高は黄門さまです。

こんなことを想像しながらお酒を飲んでいると、空想の世界が無限に広がり、あっという間に楽しい時間が過ぎていきます。ぜひ皆さまも一人で飲んでいて退屈な時「同一誕生日の著名人」を検索してみて下さい。きっと同じ世界があなたを待っているはずです。

さて、もう一つお勧めしたいのが「同い年の著名人」の検索です。これもネットで簡単に調べられます。ちなみに私は昭和四十年生まれです。今回は紙面の都合上、日本の著名人のみにさせて頂きました。以下はその中のほんの一例です。

☆田中裕二・太田光（爆笑問題）　☆馳星周（作家）　☆大橋秀行（日本プロボクシング協会会長）　☆三木谷浩史（楽天創業者）　☆野口聡一（宇宙飛行士）　☆吉田美和（ドリカムのボーカル）　☆沢口靖子（女優）　☆中森明菜（歌手）　☆山本昌（プロ野球・元中日投手）　☆秋篠宮殿下（皇族）　☆中村橋之助（歌舞伎俳優）　☆中田久美（バレーボール監督）　☆仲村トオル（俳優）　☆小泉今日子（歌手・女優）　☆尾崎豊（ミュージシャン）　☆香川照之（俳優）　☆福島弓子（イチロー夫人）など。

爆笑問題のお二人は、今や一日テレビをつけていて見ない日はありません。三木谷社長は財界では間違いなく我々の出世頭です。昭和の歌謡界を一世風靡した中森明菜は、幾多の苦難を乗り越え昨年末に完全復活しました。五十歳まで現役で投げ続けた山本昌投手にはどれだけ励まされたことでしょうか。十代でトップ歌手になって以来、歳を重ねるごとに幅広い世界で活躍し続けるキョンキョンは、今までも、そしてこれからも我々世代の永遠のアイドルです。今、伝説のアーティスト・尾崎豊に贈る言葉は「感謝」です。弓子夫人、あなたがあっての世界のイチロー選手です。

業界は違えども、同世代の皆さんは今現在、一所懸命に頑張っています。

ぜひ皆さまもグラスを片手に「同い年の著名人」を検索してみて下さい。必ずあなたに勇気を与えてくれます。悩んだり落ち込んだりしている方には特にお勧めします。

古代から存在し続ける「お酒」と現代の最先端技術の「インターネット」、この二つの組み合わせは時に私たちを夢の世界に導き、そして時に私たちを励ましてくれたり希望を与えてくれる、まさにゴールデンコンビなのです。

## 将来の夢

思えば小学生の頃は多くの子供は自分の将来に壮大な夢を描いていました。それがプロ野球選手なら日本一のプレーヤーになりたいと言っていたし、科学者になってノーベル賞を受賞したいと言う子もいました。人気歌手になりたい子もいれば、映画俳優になってハリウッドスターになりたい子もいました。総理大臣になりたい子もいれば宇宙飛行士になりたいと言っていた子もいました。

それが中学生になると、夢はいきなり現実味を帯びてきます。おそらくその最大の原因は高校受験でしょう。この三年間で多くの生徒は「学生は勉強が仕事だ」という雰囲気に追い込まれます。夢を描くのは高校に入ってから、ということです。

ところがいざ高校生になってみると、今度は中学生の時以上の（大学への）受験戦争が待っていました。夢を描くどころか、学生生活を満喫する余裕など何処にもありません。そしてようやく大学生になった時には、もはや夢を描く余力も残ってなく、それどころか今まで受験勉強で苦しんできた分を取り返そうと遊び呆ける。そうこうしているうちに就職活動の時期に入り、就職が決まると同時に卒業するための単位取得に奔走するのです。

私も含めて、寂しいかな、このような学生生活が一般的ではないでしょうか。最近では小学校、中学校も受験戦争が激しいみたいですから、これ以上なのかもしれませんが。

そんな中にあって、私個人は僅かの期間ですが仲間と熱く将来を語り合った学生生活がありました。それは大学時代に本格的にお酒を覚えてからです。やはりお酒は人の心を開く魔力があります。自分の心の奥に眠っている思いを表に引き出してくれます。ちょっと言い過ぎかもしれませんが、中学生や高校生も、進路に行き詰まった時とか将来の夢を見失っていると実感しているような時に、少しくらいお酒の力を借りて自我を目覚めさせてあげるのも悪くないのに、と思います。もちろん、実際にそれをしたら違法ですけど。

さて本題に戻りますが、お酒の席で仲間と将来の夢を語り合うのはとても生き生きとした時間です。日頃あまり将来の夢について語ったことのない者でも、周囲の人たちが語り出すとそれに触発されるからなのでしょうか、ついつい重い口を開いて語り出します。確かに会社の不満や上司の愚痴を言いながらお酒を飲むのもまんざらではありませんが、それで終わってしまっては単なる憂さ晴らしでしかありません。やはり明日に、ひいては明るい未来につながる話をし合ってこそ有意義な宴席になるはずです。

それと、お酒の席で仲間に夢を語るもう一つの長所は、実際に自分で口にすることによって、それが自分自身へのプレッシャーになる、ということです。ひょっとしたら翌日になって酔いが覚めた時に、自分の胸の内に秘めていた壮大な夢を公言してしまったことを、恥ずかしく思ったり後悔したりするかもしれません。しかし、公言した以上はもはや実行するのみです。おそらく公言しなかったなら、その人の夢は一生胸の内に秘められたまま終焉する可能性が高かったのかもしれないのです。

学生時代のみならず、社会に出てからも夢の規模は世代によって大きく異なります。二十代前半は入った会社、就いた仕事に夢を描きつつ、少しでも早く馴染もうと努力します。そのうちに大きな仕事を任されるようになり、やがて二十代も後半になると仕事の成果も格段に上がり、当然それに伴って自信もついてきます。そうなると次なる夢は結婚し家庭を持つことです。おそらく男女ともに結婚ラッシュはこの時期ではないでしょうか。続いて三十代から四十代、まさに仕事も家庭も円熟期です。仕事においては出世争い真っ只中の人もいれば、そろそろ独立あるいは起業を考えるのもこの頃でしょう。たぶんお酒の席で最も仕事の話が白熱するのがこの世代です。一方で、家庭で子供が誕生し、成長するのもこの世代になります。子供に自分の夢を託す人もいるくらいですから、子供の将来を夢見るのも立派な夢なのだと思います。

問題は仕事も子育ても一段落した五十代から六十代の世代です。なにせ仲間同士で久しぶりに集まっても、まず始めに体調、病気、それに薬と保険の話です。あるいは親類・知人の訃報です。これでは明るい未来どころではありません。もっとも仕事はすでに第一線から退いているため、いかに出世するかではなく、いかに最後まで働かせてもらえるか、という話題になってしまうのは仕方がないところです。では彼らにとっての将来の夢とは何でしょうか。そうです、彼らの夢は「明るく楽しい老後の生活を送ること」なのです。

かく言う私も気がつけば五十代です。まだまだ老後を語るには早いですが、老後の夢を語るのは嫌いではありません。私の夢は、いずれお店をスタッフに任せて不労所得を頂戴し、平日の朝は早起きして魚釣り、午後からは一日おきにスポーツクラブと図書館に通い、土日は手料理を作って友人たちに振舞いながら夜通し美味しいワインを飲み明かすことです。お酒の席の話題はもちろん「将来の夢」について。老後の人生を謳歌している自分がその時どんな夢を仲間たちに公言するのか、夢は膨らむばかりです。

# 死に方について

「人の死について語り合う」と言うと暗いイメージが強いのですが、「もしも死に方を選べるとしたなら、どんな死に方を選びますか」あるいは「どんな死に方だけはしたくないですか」といった話になると、間違いなく盛り上がります。盛り上がるという表現が不適切であるなら、間違いなく議論が白熱します、と言った方が良いかもしれません。それがお酒の席ならなおさらです。白熱する、ということは真面目に考えているからに他なりません。ほろ酔いの時くらい、人が誰しも最後に迎えなければならない死について語り合うのは、少しも悪いことではないと思います。

もちろん私もこういった話に参加することがあるのですが、やはり身近の人にご不幸があったり、介護等でご苦労されている方々の話には切実な思いが込められています。私自身は幸いにもそのような経験はまだないのですが、三十歳を過ぎた頃からでしょうか、毎年一年に一度は必ず葬儀に参列しています。最近もまた大の親友を一人見送りました。色々考えさせられます。誰もが実は人の死について様々な意見をお持ちなのです。人は自分の死についてどう考え、そしてどう向き合っているのか、ここにご紹介します。

苦しんで死にたくない、というのは全員一致の意見です。重度の病で長期間の闘病生活を強いられたり、火災とか、海や山での遭難とか、苦しんで死ぬのは出来れば避けたいものです。しかし、だからと言って「ぽっくり」死にたいかと言うと、ここで意見は真っ二つに分かれます。一つは、自分の寿命が来た時は、何も苦しまずにぽっくり逝けたらありがたい、という意見。そしてもう一つは、楽に逝けるのは理想だけれど、やっぱり死の直前は自分の人生が終わることを自覚したい、という意見です。つまり「ぽっくり」とは自分が予期せぬ時に突然命をさらわれる訳ですから、それを素直に受け入れたくない、という意見があるのも当然です。

では不治の病を患った時に医者から余命宣告をされたいか、されたくないか。これに関しては、もし自分が患ったら余命宣告をして欲しいと思っている人が多数派なのですが、その一方で、自分の最愛の人には余命宣告は出来ない（したくない）という意見もまた多数派です。自分の死は覚悟したいけど、相手には死を覚悟させたくないと言うのです。自分は知りたいけど相手には知らせたくない……一見矛盾してそうですが、これこそが人の心なのかもしれません。もしもそういう状況になった時のために、お互いに包み隠さず全てを話すこと、と決めているご夫婦もいらっしゃいます。皆さまはいかがお考えですか。

さて、最近よく耳にするのが認知症とか寝たきり、といった方々への介護の話です。ここでもやはり自分と相手を分けて考える意見が目立ちます。すなわち、最愛の人がそうなったら自分が介護をするのが当然なのだけれど、もしも自分がそうなったら、周囲の人には迷惑を掛けたくないからそういう施設に入れて欲しい、という意見です。特にこのところ「かつての著名人が介護されている」というテレビ番組を目にする機会が多いような気がします。「あんなにも立派だった人でもこうなってしまうのか」「自分だったら身内にこんな苦労はさせられない」などなど考えさせられます。

またそれと並行するかのように、健康に関するテレビ番組の数の多さには目を見張るものがあります。食生活の改善、適度な運動の習慣化、定期検診の重要性、など各局挙って採り上げています。たとえ今は健康でも、いつ我が身がそうならないとも限らないのです。今のうちから自分で予防・改善出来ることはすべき、ということなのでしょう。将来の危機への備えを怠ると、その将来が訪れた時に非常に困るので、常に将来の危機のことを考え、行動し、準備しておくことが大切である、それはまさにイソップ童話の「アリとキリギリス」の世界と同じです。

最後にもう一つ。私の先輩で、旅行先の旅館で急に亡くなられた方がいらっしゃいます。ところがその旅行はご家族とではなく、周囲には内緒で愛人と出掛けた旅行でした。訃報を聞かされた仲間たちは「おそらく腹上死だろう。それは男として最高の死に方だ」と口を揃えて言いました。私もついつい同調しました。しかしいざ葬儀に参列しようとしましたら、ご親族の強いご要望により密葬、しかも後日のお焼香さえも頑なに固辞されてしまいました。残されたご親族にとっては、我が家の大黒柱の、とても表に出せない、屈辱的な終焉だったのでしょう。今はそんな思いをされたご親族に対し、彼を偲びつつも皆と明るく献杯したことを少し申し訳なく思っています。

以上、色んな角度から考えてみましたが、結局は良い死に方とは何なのでしょうか。

☆苦しみたくない　☆人に迷惑を掛けたくない　☆死に際は自覚したい　☆長生きしたい

これらの条件を全て満たす死に方とは

【健康で明るく楽しい毎日を送り、百歳の誕生日の前日に「自分は明日死ぬ」ことを悟り、一晩かけて自分の人生を振り返り、百歳の誕生日の日の出と共に安らかに永眠する】

こんな最期を迎えられたなら『わが人生に悔いなし』(石原裕次郎・昭和六二年)。

# あの頃に戻りたい

三十歳以上の男女に「もし戻れるとしたら、いつ頃に戻りたいですか」というアンケートを実施したところ、①高校生　②中学生　③大学生　④二十歳　⑤小学生　という結果になったそうです。私の店でも、昔よく聴いた懐かしい音楽をBGMにお酒が進むと、ついついこの話題になります。

思うに、ここで言う「戻りたい」には、全く異なる二つの意味が含まれています。まず一つは「楽しかったあの頃に戻りたい」というもの、そしてもう一つは「あの頃に戻ってやり直したい」というものです。当然ながらこの二種類の「戻りたい」のどちらを選ぶかによって、その答えはほぼ真逆になるのです。

例えば私の場合「もしも楽しかったあの頃に戻れるとしたら」という質問の場合は

①中学生　②小学生　③大学生　④高校生

となりますが「もしもあの頃に戻ってやり直せるとしたら」という質問になると、

①高校生　②大学生　③中学生　④小学生

という順番になります。

さらに分析をしますと、「楽しかったあの頃」というのは、学業に充実していたり、スポーツに打ち込んでいたり、友人と楽しい時間を過ごしたりと、何らかの物事に集中・熱中していた頃であり、一方「あの頃に戻ってやり直したい」というのは、何をやっても中途半端だったり、いたずらに時間を過ごしてしまった頃のようです。

特に私は皆さんに驚かれるのですが、小学生と中学生の合計九年間は（苦しくつらい時もあったのでしょうけど）もう一度同じ日々の九年間を過ごしても良い、とさえ思えるほど充実していました。勉強、運動、遊び、どれをとっても満足です。

ところが高校に入ると一変します。バリバリの進学校に入ってしまったことで、入学して早々に同級生の学力の高さに圧倒されます。慌てて自分なりに頑張ってはみたものの、到底彼らには追い付けませんでした。そのうちに学校の選択を間違えたという落胆の日々を送ることになり、部活動も途中で退部し、全てにおいて中途半端なまま卒業式を迎えてしまいました。もしも高校生に戻れるとしたら、もっと身の丈に合った学校を選択して、自由でゆったりとした雰囲気の中に身を置いて、学業も部活動も友人との付き合いも、全部一からやり直したいところです。まさに鶏口牛後の思いとはこのことなのでしょう。

大学時代も悔やまれます。四年間の呑気な生活もさることながら、最も悔やまれるのは、卒業間際に親友が「今慌てて就職なんかしないで、俺と一緒に三年間アメリカに行かないか」と誘ってくれたのに、それをいとも簡単に断ってしまったことです。当時は、一日も早く生温い学生生活から脱出して社会で活躍したい、稼ぎたい、という思いが強かったのですが、今にして思えば二十代前半に海外で武者修行をしていたら、今とはまた違った壮大な人生を送っていたのではないか、と後悔してしまいます。アメリカでどのような三年間を過ごすにせよ、少なくとも三年後は、国内の社会人三年生よりも遥かにグローバルな感覚の持ち主となって帰国出来たことでしょう。現にその時私を誘った彼は、帰国した直後から世界を相手に活躍しており、しかも外国人の奥さままで手にしたのですから。

後悔先に立たずとは言いますが、同世代の仲間が集まって、昔を懐かしみ一喜一憂しながらこのような話をし始めると、確かにお酒は進みます。『あの日にかえりたい』(荒井由実・昭和五十年)を聴きたくなるのもこんな時です。「青春は二度と戻らない」とか「青春を謳歌せよ」とか、本当に先人はよくもここまで明言を残せたものだと感心させられます。ところがそんな女女しい我々世代の中にも、常に冷静な人間はいるものです。

彼は言います。「恥をかくことは大切だ」と。
彼は言います。「失敗は成功の元だ」と。
彼は言います。「隣の芝は青く見えるもの」と。
彼は言います。「過去は美化されているにすぎない」と。
彼は言います。「人生に計画を立て過ぎないように」と。
彼は言います。「今から頑張ればまだ間に合う」と。

これらの彼の言葉は、数多くの失敗した経験があるからこそ、次に同じ機会が訪れてきた時には成功へと導けるのだから、決して失敗を恐れることはない、と励ましてくれます。他人の良い部分しか見えないから現在の自分の人生が悪く思えるだけのことであり、本当はあなたの人生は悪くないどころか羨ましいくらいだ、とおだててくれます。時代は常に変化しているのだから人生そんなに計画を立てても仕方ない、それよりも思い立ったその時に即実行するべきだ、と説得してくれます。彼の言葉は私に勇気とやる気を与えてくれます。前向きな姿勢を取り戻させてくれます。

そして彼は最後に言います「どうせやり直しても似たような人生を歩むと思うよ」と。

COLUMN

# 2016年「昭和の名曲」年間リクエスト・ベスト20

第1位　卒業写真（荒井由実）
第2位　クリスマス・イブ（山下達郎）
第3位　木綿のハンカチーフ（太田裕美）
第4位　ルビーの指輪（寺尾聰）
第5位　異邦人（久保田早紀）
第6位　まちぶせ（石川ひとみ）
第7位　さよならの向う側（山口百恵）
第8位　微笑がえし（キャンディーズ）
第9位　みずいろの雨（八神純子）
第10位　喝采（ちあきなおみ）
第11位　落陽（吉田拓郎）
第12位　傘がない（井上陽水）
第13位　赤いスイートピー（松田聖子）
第14位　時の過ぎゆくままに（沢田研二）
第15位　かもめが翔んだ日（渡辺真知子）
第16位　恋の予感（安全地帯）
第17位　学生街の喫茶店（ガロ）
第18位　木枯らしに抱かれて（小泉今日子）
第19位　駅（竹内まりや）
第20位　セカンド・ラブ（中森明菜）

かつては石原裕次郎と美空ひばりの楽曲が上位を占めていたのですが、これも時代の流れなのでしょうか。お客さまも年とともに世代交代してゆくのです。

CHAPTER05

# お酒の正しい飲み方

## お酒の種類と特徴①

どんなにお酒がお好きで、そこそこお酒の知識に詳しいお客さまでも「飲むお酒はいつも同じ」という人は大勢いらっしゃいます。私の店のお客さまも、八割以上の方々が「いつもの」お酒を飲まれます。それはとても素晴らしいことですし、店的にも何の苦労もなくてありがたいのですが、今日はせっかくですので世の中にはどんなお酒があって、そのお酒にはどんな特徴があるのかを、私なりにではありますが（専門的な話は抜きにして）万人に分かりやすいようにご紹介して参ります。

【ビール】アルコール度数は約五％。「本日最初の一杯」の際に好まれるお酒です。のど越しがスッキリして爽やかな感じが人気の秘訣なのでしょう。たくさんの量を飲む（飲める）お酒ではないとは思いますが、中にはビールしか飲まないと言う方もいらっしゃいます。アルコール度数は低いのですが、決して誰にでも飲みやすいと感じるお酒ではなく、むしろお酒飲みの人が飲むお酒です。ですからお酒が弱い人が、度数が低いからというだけの理由でビールを飲むのはお勧めしません。たぶん最後までは飲み干せないはずです。

【日本酒】アルコール度数は約十五％。私的には「お食事と一緒に飲むお酒」の印象が強いので、敢えて私の店には置いておりません。しかし個人的には休日にお寿司や天ぷらといった和食を頂く際には欠かせないお酒です。最近では日本酒バーも流行っているそうなので、それなりにファンは多いものと思われます。

【焼酎】アルコール度数は約二五％。昔からあるお酒なのですが、当時は労働者が飲むお酒という印象が強かったようです。その後チューハイという名で全国の居酒屋を席巻するものの、ほんの十数年前までは銀座のバーではほとんど目にすることのないお酒でした。それが今では超メジャーなお酒へと変貌したのです。体に良いというイメージ戦略が大成功し一大焼酎ブームが沸き起こったのがその要因と言われています。当店でも森伊蔵、魔王、侍士の門といった高級酒からオリジナル焼酎まで幅広く揃えており、しかもどれも人気商品です。本当に体に良いかどうかは分かりませんが、ビールや日本酒と違って、水や炭酸水で薄めることによってアルコール度数を調整出来るのが強みです。なるべく翌日にお酒が残らないようにしたい方には特にお勧めします。私も常日頃よりお客さまから「何か一杯どうぞ」と言われたら、当店オリジナル焼酎を美味しく頂いております。

【ウィスキー】アルコール度数は約四十％。いわゆる「茶色いお酒」です。男性が好んで飲む印象が強いのですが、ウィスキーを美味しそうに飲む女性を見掛けますと、純粋に格好良く見えてしまいます。一般的にはスコットランドのウィスキー（通称スコッチ）が有名ですが、最近では日本のウィスキーも世界中の栄えある賞を受賞しており、その味と製法は今や世界最高峰と言って良いのかもしれません。なお、国産ウィスキーはここ数年の間に値段も世界でトップクラスに跳ね上がりましたので、その点は十分にご留意下さいませ。飲み方はストレート、ロック、水割り、など幅広いですが、最近はＣＭの影響でしょうか、ハイボール（ウィスキーのソーダ割り）が一番人気です。ちなみに全てのお酒の中で、当店で最も人気が高いのがバーボンウイスキーのソーダ割りです。おそらく昭和を生きてきた男性には思い出深いお酒なのでしょう。

また、ブランデーは今でこそ下火となってしまいましたが、かつては（特にバブル期は）一世を風靡したお酒であり、私も、もし値段を一切気にしないで一杯だけ何かを飲むとしたら、間違いなくブランデーをグラス片手に揺らしながら頂くことでしょう。本当に世の中の景気が盛り上がった時こそ再びブランデーの需要が増える、またはブランデーの需要が増えてきた時こそ本当に景気が盛り上がってきた、と言えるのだと思います。

【スピリッツ】アルコール度数は約四十％。スピリッツという呼称は馴染みが薄いのですが、ジン・ウォッカ・ラム・テキーラと言えば、何となく想像出来る方も多いのではないでしょうか。もちろんこれ自体をそのまま飲む方もいらっしゃいますが（主にロックスタイル）、カクテルのベース酒には欠かせないお酒なのです。余談ですが、世界一アルコール度数が強い（九六％）お酒にスピリタスという製品がございます。こちらはウォッカの一種ですが、あまりにも危険なお酒のため当店には置いておりません。どうしても飲みたい方は、いつでも寝られるようにご自宅で飲むことをお勧めします。

【リキュール】アルコール度数十五％〜五五％。リキュールはカクテルに使うお酒と思っている方が実に多いのですが、これ自体が立派なお酒です。薬草系のお酒が有名ですが、最近では果実風味のお酒も多数発売しておりますし、コーヒーやチョコレートといったミルク系のお酒はデザート感覚でも楽しめます。ぜひ一度お試し下さいませ。リキュールと言えば海外の製品が主流ですが、日本が世界に誇る「ミドリ」（メロン味）は当店でも超人気商品です。ソーダで割ったらメロンソーダ味になるのですが、いつかバニラアイスとチェリーを載せて「クリームソーダカクテル」を作ってみるつもりです。

## お酒の種類と特徴❷

【シャンパン】アルコール度数は約十二%。嬉しい時、お祝い事のあった時などに飲むには最適のお酒です。ただしシャンパンは最も酔いが回りやすいお酒です。その理由として①飲む前から幸せ気分が高揚している ②炭酸飲料で、しかもビールのような苦みはなく、むしろ絶妙な甘味があるので非常に飲みやすい ③グラスが空いたら直ぐに注がれる ④決してアルコール度数は軽くない、などが考えられます。

各社から色んなブランドのシャンパンが出ていますが、値段はどれも決して安くはありません。だからこそ「特別な時に飲むお酒」なのでしょう。当然販売するお店にとっても「嬉しいお酒」「美味しいお酒」になるのは言うまでもありません。色は白色（無色透明）が主流ですが、ワンランク上のクラスでピンク色のシャンパンがあります。私の店では、お客さまのご要望があればこちらで赤・青・緑など色を付けることも可能です。

ちょっと昔は、シャンパンのことをシャンペンと言っていましたが、最近はそう言う人もめっきり少なくなりました。お酒業界の中では、昭和の名残りを感じさせてくれる数少ない言葉です。

【ワイン】アルコール度数は約十四％。あらゆるお酒の中で、唯一香りを楽しみながら飲むお酒と言って良いかもしれません。それはソムリエという国家資格があることからも分かるように、味も香りも、生産された地方や年代、さらにはブドウの品種によってとても繊細であり、とことん追求し出したら奥は深まるばかりです。そういう私は、ワインのことはいくら勉強しても全く分かりません。ただ、そのように味覚だけでなく嗅覚をも使って楽しむお酒ですので、本来なら然るべき方（お客さま・先輩・上司など）がそれなりのワインをお飲みになっていらっしゃる時には、喫煙者の方は煙草を遠慮するのが最低限のマナーではないかと思います。値段はまさしくピンキリで、世の中で一番高いお酒と一番安いお酒は、いずれもワインではないかと言えるくらいにその値段の高低さに開きがあります。味については「しっかりしている」「重い」「軽い」「ちょっとフルーティー」など色んな表現がありますが、私はいつもただ一言「美味しい」と言うことにしています。

一般的に赤ワインが人気ですが、個人的には白ワインも好きです。なぜなら白ワインは冷えていてスッキリ感があるから（赤ワインは常温保存）。もう一つは、歯をホワイトニングした後の二、三日はカレーとコーヒーと赤ワインは控えるように歯医者さんから言われたため、というソムリエが聞いたら呆れてしまうような理由からです。

【カクテル】アルコール度数は約五％〜四十％。「カクテル」と聞くだけで難解なイメージを持たれる方も多いようですが、たったの二種類だけ知ってさえいれば十分です。それはショートカクテルとロングカクテルです。

ショートカクテルは、例の小さな逆三角形のカクテルグラスで提供します。数種類のお酒を混ぜ合わせて作るため基本的にアルコール度数は強めで、しかも量は少なめのお酒に仕上がります。マティーニ、ギムレットなどが有名です。一方ロングカクテルは、通常の水割りグラスで提供します。ベースのお酒にジュースなどを足して作るので、アルコール度数は強くも弱くも調整して仕上げることが出来ます。ジントニック、ソルティードックなどが有名です。

ショートとロングの意味ですが、これは飲み干す時間の長さを表しています。つまりショートカクテルはあまり時間を掛けずに飲み干すお酒、ロングカクテルはじっくり時間を掛けて飲み干すお酒、ということになります。中身の量から考えればごく当たり前のようですが、先述しましたようにショートカクテルはアルコール度数が強いので、それをショートな時間で飲み干し、しかも「もう一杯」となると、余程お酒が強い方でないと三、四杯も飲んだら酔い潰れかねませんので、どうぞご注意下さいませ。

また時々「アルコール度数を弱めでショートカクテル」あるいは「ノンアルコールのショートカクテル」というご注文があります。これに関しては、どうしてもカクテル気分を味わいたい、といった強いご要望でしたらやむを得ないのですが、正直なところ（中身が少ないため）実際に飲んでみたら物足りないのではないかと思われます。ちなみに価格は、ショートカクテルの方がより作り手の技術を要するため、ロングカクテルに比べてやや高めになります。また、お酒が弱い人に、あるいはほとんど飲めない人にこそカクテルがお勧めです。例えばウォッカとオレンジジュースを混ぜ合わせて作るスクリュードライバーというカクテルがありますが、オレンジジュースをたっぷり入れたグラスに、ほんの一滴だけウォッカを垂らしても、これは立派なスクリュードライバーなのです。トマトジュースにほんの少しだけビールを入れただけで、正真正銘のレッドアイなのです。私がＢＡＲカウンター越しに拝見していて、お酒が弱い人が生ビールを飲んでいる時ほど辛そうなことはありません。どうぞお店のスタッフに「アルコールは弱めで飲みやすいお酒を何か作って」とご注文してみて下さい。あなたに合ったお酒が目の前に現れることでしょう。

以上、簡単ではございますが、お酒の種類と特徴を分かりやすくお届けしました。

## 酒癖

酒癖とは、お酒を飲むと現れる悪い癖のことです。普段心の奥底に抑えていたものが、お酒を飲んで抑えが効かなくなることによって、ついつい本性をさらけ出してしまうことを言います。それにしても、よくもまあ色んな酒癖があるものだと感心してしまいます。

【泣く】女性に多いと思われがちですが、どうしてどうして、男性にもよく見られます。泣いている姿を目の当たりにすると、同席しているこちらとしては可哀想に思い同情すらしてしまうのですが、当の泣いている本人は、泣くことによってスッキリと気分が晴れるのだそうです。つまり同情の必要は一切なく、気が済むまで泣かせておきましょう。

【笑う】こんな人が一人でもいらしたら、それだけで宴席は大いに明るく楽しく盛り上がります。こちらが大して面白くもないギャグを言っても、腹を抱えて笑って下さる人がいらしたら最高です。全く悪い癖とは思いません。が、強いて言うなら、絶対に笑うべきではない時に笑っていると場の雰囲気が凍りつくことがあること、そしてもう一つは、笑い声の音量がヒートアップすると周囲の別席のお客さまにご迷惑をお掛けすることがある、ということ。そのくらいでしょうか。

【怒る】これほど周囲に迷惑な酒癖はありません。せっかくの楽しいはずの宴席が、この一人の酒癖で台無しです。会社の上司でお酒に酔うと説教を始める人がいますが、こちらもこれに近いものがあります。最近の若手の社員が会社の飲み会に参加したがらない理由は、実はこういう人がいるからなのかもしれません。もっとも、昭和の頃にはそんな上司がいても全く問題にはなりませんでしたし、今になって当時を振り返ってみると、それはそれで結構懐かしかったりしますけど。

【寝る】日頃から十分に睡眠をとっていようと、体力に自信があろうと、それでも寝る人は寝ます。なぜなら私がそうだからです。これほど他人に迷惑を掛けない酒癖はないだろうと若い頃から自負して参りましたが、自分がバーを営むようになってからは、客席で寝てしまったお客さまを即座に容赦なく起こします。場合によってはご帰宅を促すことさえあります。他のお客さまの視界に寝ている人が入ると、せっかくの上質な雰囲気が見事に壊れてしまうからです。しかし、寝てしまう人の気持ちが百も分かるだけに、寝てしまったお客さまを毅然とした態度で起こす私も、実は断腸の思いなのです。

【絡む】この場合の絡むは、二通りの意味があります。一つは言いがかりをつけること、そしてもう一つはちょっかいを出すことです。ここで最も問題になるのは、仲間内にではなく、全く関係のない第三者にからんでしまった時です。たまに見かけますのが、隣のお客さまに些細なことで言いがかりをつけたり、偶然に居合わせた女性のお客さまにちょっかいを出すお客さまです。この癖は、正統なお店では今後の入店をお断りされるほどの悪癖です。その点はどうぞご了承下さい。


【自慢する】聞き苦しいけれど、慣れてしまえば可愛いものです。

【愚痴る】余程日頃のストレスが溜まっているのでしょう。最も大衆的な酒癖です。

【わがままになる】女性に多いです。しかも美人に多いです。

【騒ぐ】いわゆる「声が大きくなる」という酒癖です。最近では同席している仲間の人が、もう少し声を抑えるように注意をしている光景をよく見掛けます。

【口説く】年齢を重ねるにつれて、世の男性はお酒が入ると人肌恋しくなりがちです。そのほとんどの場合は相手の女性に軽くあしらわれて終わるのですが、稀に相手の女性もその気になってしまうことがあるのだとか。ところが、いざ運良くそういう成り行きになったとしても、酔って身体が思うように言うことを聞いてくれない男性は、かえって女性の前で恥を上塗りしているのではないかと想像してしまいます。

【触る】男性が女性を触るのは本当に見苦しい酒癖です（立場によってはセクハラで問題になります）が、女性もお酒が入ると男性を触る癖が現れる方がいらっしゃいます。その場合に、触られて嫌がっている男性を見たことがないのが不思議です。

【気前が良くなる】酔った勢いで仲間全員分の飲み代を払います。さらに上を行くと、店内全員の飲み代を払い、その上チップまでバラまきます。お客もお店も大喜びなのですが、彼は翌日になって酔いが覚めた時に、果たしてどのような気持ちなのでしょうか。

酒癖はどれも厄介ではありますが、見方を変えれば人間味があって面白いものです。

## 接待酒

良い仕事をするのに接待が大切なのは昔も今も変わりません。よく「お酒を飲んでいるとその人の仕事ぶりが分かる」と言いますが、とりわけ接待の光景でそれが分かるのはどうやら間違いなさそうです。

まずは一軒目の会食ですが、接待する側は万が一にも遅刻をするなど厳禁です。本当にやむを得ない事情がある時は仕方がないとおっしゃる人もいるかもしれませんが、その事情とはいったいどんな事情なのでしょうか。「前の仕事（打合せ）が予定より長引いてしまった」という釈明を聞いたことがありますが、接待される側（以下お客さま）からすると「前の仕事というのはうちより大切な仕事なのだ」ということになります。そして何よりも言いたいのは、遅刻をするとその日の接待は「まず最初に謝罪」から始まる、ということです。大切な仕事を決めるべき会の最初に謝罪をするのです。それで本当に大きな仕事が成立するのでしょうか。当然のことですが、接待する側はお客さまよりも先に会場に入り、相手の到着を出迎えるべきです。出だしから優位に立つとはこういうことです。

さて、お客さまは全員お揃いになりました、それでは着席しましょう。まずは席順ですが、これはとても重要です。なぜならどんなお店にもどんなお座敷にも、必ず上座と下座がありますので。ちなみに私の店はカウンターだけのバーですが、それでも（厳密に言うと）上座と下座はあります。そして座る席さえ間違えなければ、お店側は必ず上座のお客さまからおしぼりを渡してくれるはずです。

次にお酒及びお料理のご注文ですが、本来はお客さまのご注文を先に伺うのが理想ですが、お客さまは遠慮して皆より先に注文し辛いのが現実です。まずはこちらからお勧めの品をご説明しつつ、ご自分の注文と併せてお聞きするのがベストでしょう。それから最初に飲むお酒ですが、お客さまと同じお酒にすると相手もリラックスし友好的になります。間違ってもお客さまよりも高級（高価）なお酒を注文しないように。ただし、宴が進んでもお客さまが遠慮がちな場合はまた別です。敢えて自分から上質なお酒を注文し、お客さまにもそれと同等（以上）のお酒をお勧めしてみるのも良いかもしれません。

では会食（会談）の進め方についてですが、よく「聞き上手になれ」と言います。これは、ご接待の時はお客さまが主役なのだから、お客さまにお話をさせて、こちら側は聞き役（ホスト役）に徹しなさい、という意味です。確かにそうなのですが、こちらが耳を澄ませてばかりいては、お客さまが冗舌になるはずがありません。やはりこちらから自分の体験談などを交えながら話題を提供し、お客さまが話しやすい環境を整えて差し上げるべきだと思うのですが、いかがでしょうか。そして肝心な核心を突く話題（仕事の話）ですが、会食が始まって早々にするのもどうかと思いますが、やはりお互いにお酒に酔う前にした方が良いと思います。当然お客さまもそのつもりでいらしてるのでしょうから、ここぞという時を見計らって遠慮なく商談しましょう。

さて、万事滞りなく事が運び、そろそろ終宴時間、いざお会計です。ここで精算の仕方ですが、最も美しいのはお客さまに見えない所でお会計を済ませることです。例えばこちらからタイミングを見計らって中座する、もしくはお客さまがお化粧室へと席を立った時に済ませるのも良いと思います。ただし、私の店のような小さなお店ではお客さまに見えないように精算を済ませることが困難な場合があります。そんな時は、せめてお客さまに金額を知られない（見せない・見られない）ように気をつけましょう。

予定通りに一軒目の会食が終わりました。さてもう一軒行きましょう。ここから先は、もう一切大事な仕事の話は不要です。いえ、すべきではありません。どんな接待も、最後はお客さまに「楽しかった」という印象を与えて終了することが大切です。それこそが次につながる秘訣です。大事な話をするのは基本的には一軒目に限定しましょう。

バブル期のご接待は、最後にお客さまにお土産と車代（もしくはタクシー券）をお渡しするのが当たり前でした。もちろん今でもここまでなさる会社はございますが、あまりやりすぎるのもいかがなものかとは思います。昔話になりますが、私が過去に接待を受けた時に（数軒ハシゴして）いい気持ちになって、いざ帰宅しようとした最後の最後にこのように手厚くもてなされて、思わず「仕事だったのだ」と正気に戻ってしまったことがありました。何事も程ほどが良いのかもしれません。

言い忘れましたが、接待のお店選びは、やはり日頃から付き合っているお店が間違いないと思います。痒い所に手が届くお店を一軒でもお持ちであれば安心出来ますし、また我々店側も、そんな一軒に入れて頂けるように日々精進したいところです。

## 嬉しいお酒と悲しいお酒

お酒には二種類の表現が付き物です。強い／弱い　重い／軽い　甘い／辛い　飲みやすい／飲みづらい　などなど。そんな中にあって「嬉しい／悲しい」というのもお酒を表現する上で欠かせません。

こうして毎日ＢＡＲカウンターに立っておりますと、嬉しいお酒と悲しいお酒の両方に立ち会うことになります。と言いましても、その内の九割以上のお酒が嬉しいお酒です。その見極め方はごく簡単、最初の一杯を飲む際に「乾杯」という声のトーンだけで分かるのです。

お祝い事があった時の乾杯はもちろんのこと、今日一日が無事に終わった乾杯、久しぶりに会った友人と旧交を温める乾杯、など嬉しい時の乾杯にはいつも声に張りがあります。ところが悲しい時の乾杯は、そもそも声が沈んでいます。「とりあえず、乾杯」という感じでしょうか。ご不幸があった時の「献杯」の方が、まだ威勢が良いのではないかとさえ思えるような時があります。バーテンダーという立場から申し上げると、嬉しいお酒のお客さまに余計な気を使うことはほとんどありません。全くこちら側から彼らを盛り上げる必要がないからです。今夜の彼らはどこで何を飲もうと嬉しいのですから。そんな時に私の店を選んで頂き、ただただバーテンダー冥利に尽きる、感謝の一言です。

しかし、悲しいお酒のお客さまはそう簡単には参りません。それが複数人でご来店下さったのであればまだ安心です。何があったのかは存じませんが、おそらくその中のお一人に何らかの悲しい（落ち込む）出来事があって、そのお仲間が彼（彼女）を元気づけたり励ましたりする、という関係性なのでしょう。こちらとしては、一切お邪魔はしないこと、そして他のお客さまにその雰囲気が伝わらないように努めること、注意はこの二点のみです。もっとも、もしそのお席に呼ばれて「マスターも一杯付き合って」と言われたのなら、ありがたくご一緒させて頂くことになりますが。

最も難しいのは、お一人でご来店下さったお客さまが悲しいお酒をお飲みになる場合です。しかもお客さまが男性の場合と女性の場合では、私の振る舞い方は全く異なります。お一人の男性客の悲しいお酒は、とりあえずは放っておくに限ります。なぜなら私がそうでしたから。余程のご常連のお客さまでしたら「いつもと少し雰囲気が違うようですが、何かございましたか」とお声掛けも出来ますが、そうでもない限りはそっとしておきます。きっと彼は一人で考え、そして一人で飲みたいはずです。こちらが（気を遣ったつもりで）何か一言お声を掛けて、彼から「ちょっと考え事をしてますから一人にさせてもらえますか」などと言われようものなら、まさにバーテンダーは失格です。

ところがお一人の女性客の悲しいお酒は、それとは全く違います。おそらく彼女は、何らかの悲しい出来事があって、でもそれを誰にも話せなくて、だからと言って一人で自宅にこもりたくもなく、今夜は出来ればこんな気分を紛らわしたい、と辿り着いた所が私の店だったりするのです。ですから私は、ご常連のお客さまはもちろんのこと、初めてご来店のお客さまの場合でも（状況を見計らって）必ず一度はお声掛けをさせて頂くことにしています。

実際にあった話ですが、ある土砂降りの夜に、ずぶ濡れになった女性のお客さまがお一人でご来店下さいました。初めてのご来店です。私は慌てて乾いたタオルを差し出しました。彼女は丁寧にお礼を言うと、濡れた長い髪をタオルで拭いました。そしてカウンターの一番端の席にお座りになりました。彼女は終始ずっとうつむいていて、どう見ても何か訳がありそうです。最初はそっとしておこうと思ったのですが、とうとうこの沈黙にいたたまれなくなってお声掛けをしました。すると彼女は（予想に反して）「一杯付き合ってもらえますか」と言うと、ポツリポツリと他愛もない話をし始めました。

本当にとりとめのない話をしただけで終わったのですが、よくよく冷静に考えてみると「一人で飲みたいから放っておいて欲しい」という女性が見知らぬバーの扉を開けるなどあり得ません。男性は時にはわざと一人になって女女しく、またストイックに悲しいお酒を飲みますが、女性は少々悲しいことがあっても懸命に明日を見ようとするようです。きっと女性は悲しいお酒を飲むことを望んでいないのです。少しでも悲しい気持ちを和らげて差し上げること、これもバーテンダーの腕の見せ所なのでしょうか。

昭和にはお酒にまつわる名曲が多数あります。私的には、悲しいお酒の代表は『悲しい酒』（美空ひばり・昭和四一年）、そして嬉しいお酒の代表は『乾杯』（長渕剛・昭和五五年）です。それともう一曲、悲しみを少しだけ和らげてくれる歌でしたら『日本全国酒飲み音頭』（バラクーダ・昭和五四年）が一押しです。

# タブーな話題

二十歳になってようやくお酒を飲めるようになった頃、当時の先輩に「お酒の席では政治と宗教と野球の話はしないように」と教わりました。それらはいずれも人によっては熱烈に心酔しているため、意見が分かれると喧嘩になってしまうという理由からでした。当時はピンと来ないまま何気に聞いていた私でしたが、あれから三十年以上経ちました。現在の実情を検証してみます。

政治の話は、やはりしない方が良いと思います。昨年、当時の東京都知事が公金を私的流用した事件がありました。日を追うごとに昼夜を問わずマスコミ各社の報道が過熱し、もはや東京都の問題ではなくなりました。当然ながらこの件は私の店でも多くのお客さまの間で話題になりました。と言っても、そこはお酒の席でのこと。皆さまは都知事に批判的ながらも、どちらかと言うと彼を面白おかしく嘲笑する感じでした。

ところがそんなある日のこと、あるご常連のお客さまから「ここまで都知事を追い込んでは可哀想だ。あんなのは政治家なら誰でもやっているから。彼は一切辞任する必要ないし、しないだろう」という意見が出ました。珍しく（多分当店では初めての）都知事を擁護する意見でした。この意見に対して（よせばいいのに）なぜか強く反発したのが、他ならぬ私だったのです。「誰でもやっていることかもしれませんが、こうして表沙汰になってしまった以上は辞任しないとこの騒ぎは収まらないと思いますよ。マスコミは彼が辞任するまで叩き続けますから」。すると彼は言いました「いやいや、あの都知事は肝が据わっているから辞任する意思なんて微塵もないよ」と。最終的には周囲の「まあまあ」という声でその場は落ち着きました。

それから数日後に、私の予想通りに都知事は辞任したのですが、彼はその日以来今日まで一度もご来店しておりません。政治の話になったら相手を追い込んではいけない、ということを身をもって体験した一例です。これが海外に目を向けると、酒場での政治の話は（国によっては）活発だそうです。我が国では、選挙前は支持政党の話だけでも（酒場に限らず）タブー視されている訳ですから、文化の違いを痛感させられます。

政治の話でさえそういう状況なのですから、宗教の話をするなどはもっての他です。特定の宗教への信仰心は、特定の政党を支持するどころではないはずですから。では、それなのになぜ我が国では宗教に関する言い争いが見られないのでしょうか。それは恐らくは日本国民全体の信仰心が薄いからなのでしょう。たとえ信仰心が篤い人がいらしても、ごく少数派なので、彼らさえ黙っていれば争い事にはならないのです。そして信仰心の篤い彼らは、誰よりもそういう状況を把握しています。彼らはたぶんこの無宗教の国に対してさぞかしお嘆きだと思います。とは言え、無宗教者が多いから争い事がないとも言えます。それは世界の歴史を紐解いてみると、ほとんどの大きな戦争の始まりが宗教戦争だという事実からも明らかです。「もしもこの世に宗教がなければ世界は平和だったのかもしれない」こんなことを言ったら信仰心の篤い方々から大いにお叱りを受けそうです。

では野球の話はどうでしょうか。確かに昔は酒場ではタブー視されていたと思われます。特に昭和四十年代の巨人軍全盛期の頃は間違いなくそうだったでしょう。何といっても巨人ファンは全員長嶋茂雄の「信者」だったのですから。政治に然り、宗教に然り、やはり信仰心を傷つけられると黙っていられないのが人間です。そのくらい当時のプロ野球には熱烈なファンがたくさんいました。そんな強い巨人軍を倒す急先鋒が阪神タイガースです。彼らのアンチ巨人ぶりには信仰心に勝るとも劣らない激しさがありました。ちょうど阪神が優勝した昭和六十年は、私は京都で学生生活を送っていたのですが、さすがは関西地区だけあって周りの人たちが全員阪神ファンだったのには驚きました。スポーツ新聞全紙の一面が毎日（勝っても負けても）阪神の記事でした。巨人阪神戦の際に、甲子園球場のバックスクリーンで巨人ファンと阪神ファンが殴り合いの喧嘩をしたのが全国に生中継されたのは有名な話です。当時はドラフトで指名される学生まで特定の球団を逆指名していました。それほど野球熱に沸いた時代があったのです。

ではなぜ、いつから野球熱が鎮火されてしまったのか。それは大スター選手のメジャーへの流出が大いに関わっているものと思われます。実力・人気ともにトップのスター選手が球団を離れれば、ファンの球団への熱が冷めるのは仕方のないところです。ドラフト候補生が特定球団を指名しなくなったのは、その向こうにメジャー挑戦という大きな夢があるからなのでしょう。そうでなくてもＦＡ制度によって自由に国内の球団に入・退団出来るようになってしまった訳ですから、今では（昔のように）絶対的に特定球団のファン、という人を探すのも至難の業です。よって現在は、酒場でプロ野球の話をしても一切争い事が起こることはありません。

最近ではお酒の席でしてはいけない話題は、政治と宗教の二つだけです。

## 良いお店の条件

あなたにとって「良いお店の条件」とは何ですか？

よくテレビ番組で特集される食べ物のお店（イタリアン・フレンチ・寿司・スイーツなど）は、どれもが「安くて美味しくて流行っている」お店ばかりです。しかもオープンして間もない新しいお店がほとんどです。これは何を意味しているのでしょうか。

お客さまの目線から言えば、安くて美味しいお店が良いに決まっています。最近ではコスパという言葉が使われるようになったくらい、それは重視されています。ところが、店側の目線から言わせて頂くと、それはとても理想とは思えません。なぜならお客さまは浮気者だからです。考えてみてください、仮に安くて美味しいイタリアンレストランを見つけたら、あなたは週に一回そのお店に通うでしょうか。おそらく「また来よう」と思いつつも「もっと違った（さらに良い）お店はないだろうか」と他店巡りをするのが目に見えています。それが正常なお客心理というものです。ですから、安さだけを売りにするお店はやがて持ち堪えられなくなります。店側の究極の理想は「高くて流行るお店」なのです。

それが最も利益が上がるのですから当たり前のことです。ところが言うは易く行うは難し、高くて流行る店などそう簡単に出来るはずはありません。よって経営者は、何度も何度も試行錯誤を繰り返しながら、徐々に個性的なお店を完成させていくのです。

食べ物屋の場合は、お客さまの目線だと安くて美味しいお店が理想でした。美味しいということは食材が新鮮でないといけない（食材が回転していないといけない）ので、店内が常に多くのお客さまで賑わっていることが条件になります。では私の店のようなバーの場合は、お客さまの目線だとどのようなお店が理想なのでしょうか。たぶん同じお客さまなら「安くて静かなお店」と言うでしょう。なぜならバーは静かに語りたいので、それで安ければこんな良い店はない、ということです。しかし（もうお分かりだと思いますが）このお客さまの理想にかなうバーはございません。値段が安くてお客さまが少なければ、当然商売は上がったりです。お店は値段が安ければ忙しくないと困りますし、静かなお店を目指す（混雑しては困る）なら、それなりに値段を高くしないと無理なのです。では、お客さまに他店より高い値段を受け入れて頂くためには、他店にはないどんな付加価値を創れば良いか、こうして日々切磋琢磨するのも経営努力だったりします。

ここで、突然ではございますが問題です。次に三つの条件があります。

①スタッフの質　②立地条件　③味の良さ

もしもあなたが立ち食いそば屋を経営するとしたら、どの条件を最優先しますか。優先順にお答え下さい。

これは立ち食いそば屋さんに聞いた訳ではないので何が正解なのかは分かりませんが、私だったら迷わず、①立地　②スタッフ　③味　と答えます。場所が悪ければどうしようもないビジネスです。味はそこそこでもお客さまは来てくれるでしょう。それよりも経営者としてはスタッフの質を重視したいです。ところがもしも私が（経営者ではなく）客の立場だったなら、①立地　②味　③スタッフ　と答えるでしょう。場所が良くないとわざわざ行かないし、それで味が良ければ言うことないし、そば屋のスタッフの質なんて特には気にしない、こんな理由です。

要するに良い店の条件とは、その業種、その立場によって全く異なる、ということです。

ここで銀座ネタです。夜の銀座の顔と言えば「高級クラブ」です。座って五万円、ボトルを入れたら十万円というのが当たり前の世界です。では、数ある高級クラブの中でも、銀座でもトップクラスの優良店と言われるクラブは、いったい他店と比べて何が優良なのでしょうか。ホステスさん（及び男性スタッフさん）の質でしょうか、内装の豪華さでしょうか、立地の良さでしょうか、それとも値段でしょうか……。

私から見て、クラブの最も重視すべき条件は「客層」です。どんなに素敵な女性が数多く揃っていても、どんなにお店の中の装飾が煌びやかであっても、お客さま層が良くなければそのお店は優良店とは言えません。ましてやお取引先のご接待には到底使えないでしょう。逆に、紳士的な素敵なお客さまばかりで賑わっているお店でしたら（他の条件は少々劣っていても）自信を持ってお得意先の社長をお連れ出来ます。私が日頃から親しくお付き合いさせて頂いている高級クラブは、どのお店も入口に最高責任者の黒服さんが立っておられます。そして来店した人は彼の了承がない限り、いかにお金を持っていようと決してお店の中には入れないのです。

二十年間客の立場で飲み歩き（食べ歩き）、この十年間はＢＡＲカウンターに立って接客するという全く逆の立場になり、合計三十年間を費やしてようやく少しだけ見えて来た「良いお店の条件」を記してみました。

## お店に好かれるお客さま

お客さまがお店に好かれて損をすることは何一つございません。また、お店に嫌われて得をすることも何一つございません。私がこうして毎日店に立っておりますと、好感度抜群のお客さまは店側に好かれる術を知っています。逆に、店側に嫌がられるお客さまは、その理由に気づいていません（と言うよりも、たぶん嫌がられていることにさえ気づいていません）。実際に私もかつて飲み歩いていた頃を振り返ってみますと、随分と色んなお店に迷惑を掛けて飲んでいたものだ、と恥ずかしくなる時があります。お店に好かれるお客さまとは、どんなお客さまなのでしょうか。

店側にとって一番の理想は「お客さま全員が楽しく過ごすこと」です。せっかくご来店して下さったのですから出来るだけ楽しんで頂きたいですし、幸せなひと時と感じて頂けたなら、自ずと再来店して頂けることでしょう。ですから、そんな店内の雰囲気を大切にして下さるお客さまは必ずお店に好かれます。お店に好かれるお客さまとは、一言でいうと「他のお客さまに迷惑を掛けない」お客さまのことです。静かに飲むべきバーでよくあるのが、お仲間数人とご来店頂いたのですが、お酒が進むにつれてついつい騒いでしまったり、いつの間にか話し声が大きくなってしまい、他のお客さまが「うるさい」と感じてしまうケースです。ここでお店に好かれるお客さまは、即座に他のお客さまの空気を察して自重します。一方、店側の再三の忠告さえもなかなか受け入れてくれないお客さまは、当然ですがお店からは敬遠されます。今では私の店ではこういったお客さまは皆無となりましたが、このようなお客さまを放置すると、他の（うるさいと感じている）お客さまがお帰りになってしまいます。しかも、もう二度とご来店しない可能性が高いのです。店側は、他のお客さまを守らなければなりませんし、ひいては自分の店を守らなければなりません。それに対して協力的なお客さまは、間違いなくお店に好かれます。

ちなみに「うるさい」のと「にぎやか」なのは全く違います。「うるさい」とは、他のお客さまにとって耳を覆いたくなる騒音であり、「にぎやか」とは、他のお客さまから見て羨ましく思えるくらい楽しそうな様です。

次に挙げたいのは「他のお客さまにむやみに絡まない」ことです。偶然隣に居合わせたお客さまと少し言葉を交わすくらいは良いのですが、それがずっと続くと、片方のお客さまだけがすっかり意気投合したと思い込んでいて、実はもう片方のお客さまはちょっと迷惑がっている、というケースをたまにお見受けします。その辺りはほどほどが良いのかもしれません。もっとも、これは私に限っての話ですが、偶然隣に座った「安心出来る」お客さま同士の場合は、こちらから双方を会話に絡めてしまうことがあります。それはご常連さまに限ってのことですが。

では、特に食べ物をたくさん扱っているお店についてですが、入店して最初のご注文の時に「本日のおすすめ品は何?」と聞くお客さまは間違いなくお店に好かれます。なぜなら(仲の良い料理屋さんから聞いたのですが)本日のおすすめ品は、賞味期限が迫った食材を使った料理が主なので、お店的には早く売りたいのだそうです。私はこの話を聞いた翌日に、とあるお寿司屋さんで即実行してみました。すると日頃とは全く違った店側の満面の笑みの対応に、正直なところ我ながら驚いたものです。よって今ではどのお店に行っても、必ず最初に本日のおすすめ品を頂くようにしています。過去には最初の注文から最後の注文まで、本日のおすすめ品のオンパレードで終わった日もありました。たぶんその日の私は好感度ナンバーワンだったはずです。同業の気質とでも言うのでしょうか、最近はどんなお店に伺っても、店側を喜ばせることに喜びを感じている次第です。

それから、究極的ではございますが、お金をたくさん使うお客さまは間違いなくどのお店からも好かれます。この点については何らご説明はいらないでしょう。ただし、お金を使わない人が好かれないという訳ではありません。実際にその時々で色んなお財布事情があるのが常です。要はお店で使うお金とお店に滞在する時間が比例しているかどうか、が重要なのだと思います。例えば当店の場合は一杯だけのお客さまも歓迎しますが、その方がもしも長時間も居座られていては商売が成立しません。逆に同じ一杯でも、飲み終わってサッとお帰りになられたら、とても格好の良い飲み方だと思いますし、心からまたのご来店を切望します。

お店に好かれるお客さまについて例示して参りましたが、どのお店にも必ずその店ならではのルールがあります。中にはその店のルールを決めたがるお客さまもいらっしゃるようですが、やはりルールを決めるのは店側で、そのルールを受け入れるか（そのお店に通うのか）、はたまた受け入れないか（そのお店には二度と行かないのか）を自由に選べるのがお客さま、という関係が適正なのだと思います。

## 常連客になるには

お客さまの心理として、もし気に入ったお店に出会ったら「出来ればそのお店に常連と認められる客になりたい」と思わないでしょうか。少なくとも私が飲み歩いていた（食べ歩いていた）頃は、本当に気に入ったらそのお店の常連として認められる客になろうと努力したものです。常連客として認められるのに必要な条件は二つあります。一つはお店に好かれること、そしてもう一つはお店に自分の名前を覚えられることです。お店に好かれることについては先述した通りですが、お店に名前を覚えてもらうには本来でしたらまずは名刺交換をして、引き続きそのお店に頻繁に通うのが一番です。ところが、その頃の私はいかんせん（若い時分のことなので）予算的に余裕があるはずもなく、足繁く通うことが出来ずに、ついには常連客になり切れなかったことも数知れずありました。しかし今「店側」という当時と逆の立場になってみますと、通い詰めること以外にもお店に名前を覚えられる、いえ思い出させる方法があることを知りました。

お店に名前を覚えてもらう最も一般的な方法は名刺を交換することですが、たとえ名刺交換をしたとしても、店側もかなり以前に一度だけご来店頂いたお客さまのお顔と名前が全て一致するほど賢くはありません。少なくとも私の場合は正直なところ全く無理です。そこでお勧めしたいのが、お店に行く直前に「○○ですが、今から十分後に三人で行きます」と電話を入れる方法です。これでしたら店側に名前を思い出させることが出来て、なおかつ確実に席を押さえられます。そしてお店の扉を開けた瞬間、店員さんは必ず「○○さま、お待ちしておりました」と言うことでしょう。まさにお連れのお仲間から見ると大常連のお客さまです。ぜひ一度お試しくださいませ。

お店に名前を思い出させる方法は他にもあります。最も確実なのは、お会計の時にクレジットカードで決済する方法です。これでしたら名前が印字されますので思い出させるには完璧です。ところがそれはお帰りになる直前のことです。やはりどうせならもっと早く名前を思い出してもらいたいものです。そんな時に効果的なのは、携帯電話が鳴った時(あるいはこちらから掛けた時)に敢えてご自分の名前を名乗る方法です。携帯電話は個人電話ですので通常でしたら名乗らない人が多いのでしょうが、ここではお店に自分の名前を思い出させるのが目的です。おそらく電話を切った数分後に、お店のスタッフさんからさり気なく名前を呼ばれることでしょう。ただし通話中の声は小さめでお願いします。

名前はともかく「お店に自分を印象付けたい」と考えるお客さまにも色々とお勧めの術があります。例えば、いつも同じ席に座ることです。もしその席に他のお客さまがお座りになっていても、いざその席が空いた時には少々面倒でも移動することです。そうすれば店側にとってはかなり印象に残るお客さまとなります。そしてやがてはお顔を見た瞬間にその席に案内されることでしょう。

同じ曜日に行くのも効果的です。それがたとえ月に一回、いえ二ヶ月に一回でも、常に同じ曜日でしたら、いつの間にか店側も「今日は○曜日だけど、ひょっとしてあのお客さまはいらして下さるかな」となります。

同じ時間に行く、しかもそのお店が比較的静かな時間帯に行くのも、とても印象に残ります。ちなみに私の店の最も静かな時間帯は、開店時間の二十時から二一時までの一時間くらいですが、この時間帯にいらっしゃるお客さまは（たとえ滅多にいらっしゃらない方でも）おそらく全員覚えています。

いつも同じメンバーで行くのも印象付けるという点では効果抜群です。なぜなら店側にとっては、その内のお一人さえ覚えていれば、同時に他の人も思い出しますから。

このように「いつも同じ」何かがあると、店側にとってとても印象的なお客さまになるのです。

これまでは、あまり頻繁に通わなくてもご常連のお客さまとして名前を覚えられる（思い出させる）方法、及び存在を印象付ける方法を申し上げてきましたが、そうは言ってもやはりご来店頂く回数に勝るものはございません。ぜひ本当に気に入ったお店に出会って、しかも（かつての私がそうであったように）そのお店のご常連になりたいのでしたら、ほんの僅かな滞在時間でも良いので（せめて名前もしくは存在を覚えられるまでは）こまめにお店にお顔を出されることをご提案します。

実は、お客さまに限らず、店側も「気に入ったお客さまのお名前を知りたい」「ご常連のお客さまには、ご迷惑でなければお名前で接したい」と考えています。そこにはお互いに同じ思いがあります。つまり、あなたがお気に入りのお店から名前を呼ばれた時こそ、あなたとお店は相思相愛の関係、すなわちあなたはそのお店の正真正銘の「ご常連のお客さま」なのです。

## 美味しいお酒

私の周囲の方々は「お酒は外では飲むけれど自宅ではほとんど飲まない」と言う方が圧倒的多数です。その理由は聞いたことがありませんが、ひょっとしたら家庭不和からでしょうか。かく言う私も自宅では一滴もお酒を飲みません。私の場合は、単純に自宅で飲むお酒が美味しくないからです。

本当にお酒がお好きな方は、いつどこでお酒を飲んでも美味しく感じるそうです。そう聞くと羨ましい限りですが、いわゆるアルコール中毒を患う人はこの部類ですので注意が必要です。一方そうではないほとんどの方は、お酒を飲むことに別の目的を持っています。日頃のストレスを発散するため・仲間との親睦を深めるため・一息つきたいから・上司に誘われて仕方なく・お得意先との仕事の上でどうしても、など様々です。そして、気がつけばお酒を飲む機会が実は意外にも多かったりします。それならば美味しいお酒を飲みたいものです。では美味しいお酒とはどのようなお酒なのでしょうか。

高級なお酒になればなるほど（値段が高ければ高いほど）味が美味しいのであれば話は簡単です。しかし、ことお酒の味に関してはそれほど単純ではありません。

お酒を美味しく感じる要因として、私がまず始めに挙げたいのが「人」です。せっかく超一流のお店に行って最高級の料理とお酒を前にしても、同席している人との人間関係がぎくしゃくしていれば、それはそのまま味に反映してしまいます。「嫌いな上司と高級なお酒を飲むよりも、気の合う仲間と安酒を飲んでいる方が美味しい」という声を聞いたことがあります。その上司には大変申し訳ないのですが、彼の言いたいことはよく分かります。人間関係は飲食の際にもとても重要なのです。

次に挙げたいのは「話題」です。お酒を飲んでいる時の話題は、お酒の味を美味しくも不味くも味付けしてくれます。例えば社内の会合で、社長がまずは手厳しい仕事の話を進めるとします。とてもお酒を味わうどころではないでしょう。ところが仕事の話が一段落したところで「では今からは無礼講で行きましょう」と言いました。この社長は、話題によって味が変わることをよくご存じの方です。最初は（お酒が不味く感じるかもしれないが）まずは仕事の話をして、全員の足並みが揃ったことを確認したら今度は仕事を離れて美酒を楽しもう、という訳です。ここに出席されている皆さまは、同じお酒を飲んでも話題が変わるだけでこんなにも味が変わるのだ、と実感することでしょう。

さて、では一人でお酒を飲む時に美味しく感じる要因とは何でしょうか。今度は一人ですので人間関係も話題も対象外です。ここで私が最も重視するのが「設定」です。ちなみに私の定番は、好きな音楽を聴きながらお酒を飲む、という設定です。これが、映画を観ながら、という方もいらっしゃることでしょう。本を読みながら、球場でプロ野球の試合を観戦しながら、シガーをくゆらせながら……、まさに十人十色です。やはり皆さま、日常から少し離れることが出来たらお酒は美味しく感じるようです。

「人」「話題」「設定」と、お酒を美味しく飲むための要因を三つ挙げましたが、これらを一言で言うなら「雰囲気」でしょうか。今でこそ少なくなりましたが、それでもたまに居酒屋などで一気飲みをする若者のグループに出会います。この飲み方を世の中に流行らせたのが『一気！』（とんねるず・昭和五九年）という歌でした。ちょうど私が飲酒を始めた頃でしたので、この歌のおかげで随分苦しんだものです。しかし今にして思うと、この一気飲みは周りの雰囲気を壊してしまうもので、とても褒められたものではありません。当然ながら私の店では厳禁です。どうしても一気飲みをしたい方は、ぜひカラオケボックスなどの個室で盛り上がることを提案します。

フルーツカクテルはとても良い雰囲気を作ってくれるお酒です。バーテンダーの私が言うのもどうかと思いますが、味だけでしたら好きなお酒の横に生のフルーツを添えて、両方を別々に頂く方が遥かに美味しく感じます。ところがお酒があまり強くない人にとっては、搾ったばかりの果汁にちょっぴりお酒を加えて、そこに鮮やかな色を付けて、さらに豪華にガーニッシュを飾り付けたのなら、もう気分はパラダイスです。

私がバーテンダーとして最も心掛けているのが「いかなるお客さまも最後は皆さま笑顔でお帰り頂く」ということです。たとえどんなに沈んだ雰囲気で飲んでいるお客さまでも、最後の一杯だけはグラスの中に一筋の光を差し込む努力を惜しみません。

楽しい時に飲むお酒も、悲しい時に飲むお酒も、寂しい時に飲むお酒も、一人考え事をしながら飲むお酒も、どんな時に飲むお酒であっても、最後の一杯だけはまた明日から頑張ろうと思えるような、優しくて頼もしい、そして美味しいお酒でありたいものです。

# おわりに

「最近の若い人たちは」というフレーズは、古くは古代文明の時代から、新しきは現代に至るまで世界共通の台詞として使われているのではないだろうか、ということは本編で述べさせて頂きました。昭和を生きてきた私たちは、親や教師、上司や先輩に事あるごとにその言葉を浴びせられてきましたし、そんな私たちも今では反対に「最近の若い人たちは」が口癖になりつつあります。その一方で、私たちはもっぱら「昭和は良かった」と口にしますが、私たちの親世代の人たちからは「昔は良かった」という話を聞いた記憶はほとんどありません。むしろ記憶にあるのは「お前たちは恵まれている。我々の若い頃なんて」という苦労話ばかりです。つまり「昔は良かった」というフレーズは「最近の若い人たちは」と同じように古くから伝承されてきた言葉ではない、ということです。

そこで、私たちの親世代の青春期について考えてみました。彼らが出生したのは大正末期から昭和初期にかけてです。その頃はどのような時代だったのかと日本史を紐解いてみますと、大正三年に我が国は第一次世界大戦に参戦し、四年もの年月を経てようやく終戦を迎えました。ところがその後は平和が訪れるどころか中国との関係が悪化して、昭和六年には満州事変が勃発し、その後は数々の事件を経て、昭和十二年には日中戦争が、そして昭和十六年には太平洋戦争が始まりました。つまり、彼らの幼少期から青春期にかけては、一にも二にも戦争の時代だったのです。では彼らの親世代は、つまり私たちの祖父母の世代はどのような時代だったのかと改めて日本の歴史を遡ってみますと、こちらも明治時代も日清戦争（明治二七年）、日露戦争（明治三七年）と戦争が続いた時代でした。さらに今度は、祖父母の親世代はどんな時代を過ごされたのだろうかと、次々に日本の歴史を遡っていくと、江戸時代、安土桃山時代、室町時代、鎌倉時代、平安時代、奈良時代、飛鳥時代……、まさに内戦が繰り返されてきた時代の連続です。つまり、日本の歴史はそのまま「戦の歴史」でもあったのです。

私は「戦」と聞くと大きく二つのことをイメージします。まず第一に、貧しい生活を余儀なくされることです。すなわち物資は戦士に優先され、田畑や工場は敵の攻撃によって焼失するため、庶民の生活は困窮を極めるというものです。そして第二に、戦士として駆り出された若い生命が無残にも消失していく、というものです。この「焼失」と「消失」

という二つの「ショウシツ」が戦をイメージする全てだとしたら、いったい誰がそんな世界を「昔は良かった」「あの頃に戻りたい」と思うのでしょうか。

内戦・外戦を含め、日本の最後の戦は太平洋戦争です。そしてその戦争はご存知の通り昭和二十年に終結しました。つまりそれ以降から今日まで、七十年以上も我が国は国内外を問わず、一切の戦をしていないことになります。これは、約二千年に及ぶ日本史上でも最長の平和期間と言っても良いでしょう。私たちは、まさに日本の歴史上最も平和な時代に生きているのです。「あの頃に戻りたい」と言うのは「なんて女女しいものだろうか」と本編で述べましたが、実はそれは大いなる幸せの裏返しでもあったのです。

ではエネルギッシュな昭和時代の原動力は、いったい何だったのでしょうか。それはどこから生まれたのでしょうか。今と違って財力もない、人手も足りない、技術力も乏しい、そんな終戦直後の惨状から、我が国はいかにして世界を驚愕させる発展を遂げることが出来たのでしょうか。

私は、「いつか世界中を見返してやる」という「屈辱的な敗戦」こそがその原動力になったのではないかと思います。そして私たちの先輩方はそれを成し遂げた訳です。では近年になってなぜエネルギッシュではなくなってしまったのか。それはやはり戦争の記憶が遠退いてしまったことと一致しているかもしれません。戦争を二度と起こしてはいけないのは全国民の願いです。そしてそれと同時に、戦争の記憶は、敗戦の屈辱感は、決して忘れ去ってはいけないものなのだと思います。

私が本書で申し上げたかったことは、「私たち昭和を生きてきた人たちは幸せです」という一言に尽きてしまうのかもしれません。では現在青春期を謳歌している学生の皆さん、そして社会に出てバリバリ働いている（現在の日本の政治・経済・文化、全ての分野での原動力となっている）若者の皆さまが、後々に今の時代を振り返った時に、果たして「平成は良かった」とか「あの頃に戻りたい」と思ってくれるだろうか、と考えてしまいます。私たちの青春時代には世界に誇る国産電話機だった黒電話が、その後の目を見張るばかりの通信システムの発達によって、今では昔を懐かしむエピソードの主役になってしまいました。世界中を驚かせた日本製のラジカセも、今や誰も持ち得ない代物になっています。しかしながらこれらは全国民が一丸となって働いたエネルギーの産物なのです。当時を一所懸命に生きた証と言っても良いと思います。近いうちに何らかの形で「君は今を一所懸命に生きていますか」というテーマで現代の若者諸君と談笑してみたいものです。

昭和の時代には数多くの名曲が生まれました。終戦直後の混乱期には、多くの国民の皆さまがラジオから流れてくる歌に励まされたそうです。世の中にテレビが登場し、そこからインターネットが普及するまでの期間は、まさに歌謡曲を聴き、歌うことが最大の娯楽であり、日本はもとより世界中が音楽全盛の時代となりました。

私は仕事柄、昭和のヒット曲・人気曲を聴く毎日を送っているのですが、この何万曲、いえ何十万曲もの楽曲の中で、最も多くの人から支持をされている曲は何だろうかと考えることがあります。ここに興味深いデータがあります。

【日本の歌　百選】平成十八年に文化庁が「長く歌い継いで欲しい童謡・唱歌・歌謡曲」というテーマで、一般から募った曲をもとに選考委員会が百曲を選定しました。そのうちの上位五曲は以下の通りです。

第一位『仰げば尊し』　第二位『赤い靴』　第三位『赤とんぼ』　第四位『朝はどこから』
第五位『あの町この町』

【昭和の歌謡曲ベスト二〇〇】平成元年にＮＨＫが「後世に残したい昭和の歌謡曲」というテーマで、全国の二十歳以上の二千人を対象に独自に調査をして二百曲の曲目を発表しました。上位五曲は以下の通りです。

第一位『青い山脈』　第二位『影を慕いて』　第三位『リンゴ追分』　第四位『上を向いて歩こう』　第五位『悲しい酒』

そして私の店で、過去十年間に流した歌謡曲の再生回数の上位五曲は以下の通りです。

第一位『卒業写真』　第二位『22才の別れ』　第三位『喝采』　第四位『みずいろの雨』　第五位『木綿のハンカチーフ』

このように、統計を取った年によって、また調査の対象となった人の年齢や性別などによって、「私の好きな昭和の歌」はそれぞれ全く異なることがお分かり頂けることでしょう。おそらく明日から私の店の中に流れる昭和の歌謡曲もまた十年後には、これまでの十年間とは全く違ったものになっていることと予想しています。

激動の時代を、老若男女を問わず幅広い世代の人たちが、手と手を取り合って「平和」という一つの大きな目標に向かったこと、これこそが昭和という時代が生んだ数多くの魅力の中でも、最も世界に誇れる魅力なのではないでしょうか。

# 告発

～北朝鮮在住の作家が命がけで書いた金王朝の欺瞞と庶民の悲哀～

パンジ／著

萩原遼／訳

定価：本体1500円＋税　発売元：太陽出版

世界各国で翻訳された話題作。貧しく自由のない暮らし、激しい階級制度、密告に公開処刑。そこに描かれていたのは、北朝鮮に伝わる忌まわしき因習と絶望的な閉塞感だった。

# はじめてのホツマツタヱ

天の巻・地の巻・人の巻

今村聰夫

定価：各本体1850円＋税　発売元：太陽出版

アマテラスは男性神だった!?　神代文字で書かれた縄文時代の叙事詩「ホツマツタヱ」をわかりやすく丁寧に現代訳。古事記の原典ともいわれるその内容は驚くべき内容だった。

## 盛本昭夫

AKIO MORIMOTO

1965年7月11日生まれ。かに座。B型。愛知県岡崎市出身。立命館大学卒。大学卒業後、大手芸能プロダクションなど音楽業界に身を置く。楽曲の制作、アーティストのマネジメント業務などを経て、2007年「昭和歌謡BAR楽屋」開店。趣味は音楽鑑賞、読書、筋トレ。好きな食べ物は和食全般。

「楽屋」のホームページはこちら
http://bar-gakuya.jp/



BARカウンターから見《み》える風景《ふうけい》
～銀座《ぎんざ》・歌謡曲《かようきょく》ＢＡＲマスターの一人語《ひとりかた》り～

著者　盛本昭夫《もりもとあきお》

2017年4月9日　初版発行

発行者　磐崎文彰
発行所　株式会社かざひの文庫
〒110-0002　東京都台東区上野桜木2-16-21
電話／FAX03(6322)3231
e-mail : company@kazahinobunko.com
http://www.kazahinobunko.com

発売元　太陽出版
〒113-0033　東京都文京区本郷4-1-14
電話03(3814)0471　FAX03(3814)2366
e-mail : info@taiyoshuppan.net
http://www.taiyoshuppan.net

印刷　シナノパブリッシングプレス
製本　井上製本所

カバーイラスト　松尾たいこ

装丁　BLUE DESIGN COMPANY




ISBN978-4-88469-899-7